다자이 오사무

마피아의 역대 최연소 간부.

자살 애호가.

사카구치 안고

포트 마피아의 전속 정보원.

오다 사쿠노스케 (오다 사쿠)

마피아의 최하급 구성원.
뭐든지 하는 심부름센터 같은 존재.

# 목차

# 문호 스트레이독스

**Bungo Stray Dogs**

## 다자이 오사무와 암흑시대

## 02

**아사기리 카프카** 지음
**하루카와 산고** 일러스트
**문기업** 옮김

나는 현재 도쿄에 올라와 생활하는 중으로, 긴자 뒷골목 숙소에서 이 원고를 쓰기 몇 시간 전에는 긴자의 루팡이라는 술집에서 다자이 오사무, 사카구치 안고와 함께 술을 마셨다—— 아니, 다자이 오사무는 맥주를 마시고, 사카구치 안고는 위스키를 마셨지만 나는 오늘 밤에 이 원고를 쓰기 위해 철야를 할 생각이었기 때문에 커피를 마셨다.

　어쩌다 보니 이야기가 모 서양풍 소설가로 옮겨 갔는데, 사카구치 안고가 그 사람을 여자를 꼬시기 위해 소설을 쓰는 바보라고 말하자, 다자이 오사무는 우리는 소설을 여자 꼬시는 도구로 사용하고 싶어도 못 한다, 우리처럼 소설을 쓰면 여자가 불쾌하게 생각해 꼬셔 봐야 당연히 실패한다고 쓰가루 사투리로 말했다.

——오다 사쿠노스케 『가능성의 문학』

# 서장

누군가가 나를 부른 것 같아 술집에 갔다.

심야 11시. 나는 유령처럼 떠 있는 가스램프에게서 몸을 감추듯 길을 지나 술집의 문 안으로 들어갔다. 가게 안을 느릿하게 떠도는 담배 연기에 가슴까지 적시며 계단을 내려가 보니, 다자이가 카운터석에 앉아 손가락으로 술잔을 매만지고 있었다. 이 녀석은 대체로 이 가게에 있을 때가 많다. 지금은 주문한 술을 마시지도 않고 가만히 바라보고만 있는 중이었다.

"여, 사쿠노스케."

다자이가 기쁘다는 듯이 그렇게 말했다.

나는 손을 들고 인사를 한 뒤 다자이 옆자리에 앉았다. 바텐더는 그런 나에게 아무런 질문도 하지 않은 채, 평소와 마찬가지로 증류주가 담긴 유리잔을 눈앞에 놓아 주었다.

"뭘 하고 있었던 거지?" 내가 물었다.

"생각을 하던 중이었네. 철학적이고 형이상학적인 생각."

"그게 뭔가?"

다자이는 조금 생각을 한 뒤 대답했다.

"이 세상의 대부분의 일들은 실패하기보다 성공하기가 더 어려워. 그렇지?"

"그거야 그렇지." 나는 대답했다.

"그렇다면 나는 자살이 아니라, 자살 미수를 지향해야 해! 자살에 성공하기는 어렵지만, 자살 미수에 실패하는 것은 비교적 쉬운 일일 테니까! 안 그런가?"

나는 잠시 증류주를 바라본 뒤 대답했다.

"듣고 보니 그렇군."

"역시 그런가?! 유레카! 바로 시험해 보지. 사장님, 메뉴에 혹시 세제는 없습니까?"

"없습니다." 카운터 안쪽의 늙은 바텐더가 잔을 닦으면서 대답했다.

"소다를 섞은 세제는?"

"없습니다."

"없구나."

"그럼 어쩔 수 없지." 나는 고개를 끄덕였다.

그리고 새삼 가게 안을 둘러보았다.

가게는 지하에 있었기 때문에 창문은 없었다. 외진 곳의 오소리 굴 같은 가게 내에는 카운터와, 스툴과, 벽에 늘어선 빈 병과, 과묵한 단골손님들과, 크림슨 레드색 커머 베스트를 입은 바텐더 등으로 가득했다. 좁은 지하 공간이 그런 것들로 가득 들어찬 탓에, 통로에서는 사람을 간신히 스쳐 지나가는 게 고작이었다. 가게 안의 물건들은 모든 것이 오래되어서, 마치 공간 그 자체에 새겨져 있는 것만 같았다.

나는 증류주를 한 모금 마시고 다자이에게 물었다.

"그렇게 철학적인 생각을 하다니, 일에 실패한 건가?"

"그래, 실패했지. 그것도 대실패야."

다자이가 입을 삐죽였다.

"미끼 작전인데 말이지. 일의 발단은 우리의 밀수품 거래를 어딘가의 유쾌한 녀석들이 가로채려고 한다는 정보를 입수한 것이었어. 우리의 밥줄을 옆에서 낚아채 가려고 하다니, 아주 고마운 녀석들이지. 그래서 틀림없이 위풍당당한 대장부들이 나타나지 않을까 두근거리며 잠복하고 있었거든. 잘만 되면 장렬하게 전사할 수 있을 테니까. 그런데 나타난 사람들을 보니, 5엔짜리 동전처럼 변변치 않은 총 운반 담당열 명 정도지 뭐야. 쓸 만한 건 기관총이 달린 낡은 자동차와 간이 곡사포 정도. 너무 실망한 나머지 창고에 함정을 파서 포위 공격을 했더니, 울면서 도망가더라고. 덕분에 또 난 죽지를 못 했어. 정말 시시하군."

그럴 줄 알았다. 이 남자가 실패를 하다니, 상상이 안 된다.

"그 녀석들은 어디 조직이었지?"

"힘이 넘치는 우리 애들이 미처 도망가지 못한 녀석들을 포로실에 집어넣고 들볶고 있는 중이니, 바로 자백하지 않을까."

가혹한 포트 마피아의 보복을 두려워하지 않는 걸 보면 상대는 확실히 대담한 대장부들인 듯하다. 그리고 다자이의 낙담과는 달리 기관총과 곡사포를 갖추고 왔을 정도로 녀석들은 제대로 현실을 인식하지 못 하는 얼간이들도 아니었다.

적이 다자이가 아니었을 때의 이야기지만.

포트 마피아에는 이런 말이 전해져 내려온다. '다자이를 상대하는 적의 불행은, 적이 다자이라는 것이다.' 다자이가 마음만 먹으면, 총격전이 벌어지는 전쟁터 한가운데에서 런치 피크닉을 하는 것도 가능하다. 그만큼 다자이는 마피아가 되기 위해 태어난 남자 그 자체였다.

지하조직 포트 마피아의 간부—— 다자이 오사무.

마피아 간부라는 직함을 소년이라고 착각해도 이상하지 않을 젊은이가 내걸고 다니니, 사정을 모르는 사람들은 아마 비웃을지도 모른다.

하지만 다자이가 이루어 낸 수많은 위업——피와 어둠으로 점철된 위업——을 보면, 도저히 웃고 있을 수가 없다. 최근 2년간, 포트 마피아가 새로 얻은 이익의 약 절반은 다자이의 공적 덕분이다. 그 총액이 몇억에 이를지, 그를 위해 희생된 목숨이 몇십 명일지, 일개 술집 손님인 나로서는 상상도 가지 않았다.

물론——대가 없는 영광이란 존재할 수 없다.

"또 상처가 늘었군." 나는 술잔을 기울이면서 다자이가 둘둘 말고 있던 새로운 붕대를 가리켰다.

"그러게." 다자이는 자신의 몸을 바라보며 웃었다.

다자이의 몸에는 위업의 대가라고 할 수 있는 몇몇 상처가 새겨져 있었다.

즉, 단순하게 말하자면 상처투성이이다. 다자아의 몸은 항상 어딘가 수리 중이다. 덕분에 다자이가 살아가며 호흡하는 장소가 폭력과 죽음의 중추라는 사실을 새삼 깨닫게 된다.

"그 다리는 왜 다친 거지?" 나는 손으로 다리를 가리키며 물었다. 그리고 그렇게 물으면서 잔혹하기 짝이 없는 살육의 결과가 아닐까 생각했다.

"『불의의 부상을 당하지 않기 위해서』라는 책을 읽으며 걷다가 배수구에 빠졌어."

의외로 어처구니없는 이유였다.

"그럼 그 팔은 왜 다쳤지?"

"차를 타고 너무 빨리 고개를 넘다가 낭떠러지로 떨어졌거든."

"그럼 이마에는 왜 붕대를 두르고 있나?"

"'두부 모서리에 머리를 박아서 죽는다' 라는 자살법을 시도하다가."

"두부에 머리를 박아서 다친 건가?" 만약 그게 사실이라면 치명적이라고 해도 과언이 아닐 만큼 칼슘 부족이다.

"두부를 단단하게 만들려고 독자적인 방법을 궁리했지. 소금으로 수분을 빼거나, 누름돌을 올려놓거나…… 우리 집 주방에서. 덕분에 두부가 못을 박을 수 있을 만큼 단단해졌고, 조직의 그 누구보다도 두부 제조 방법에 대해 자세히 알게 됐어."

마피아의 간부가 제조 방법부터 세심하게 신경을 쓰며 두부를 만들다니. 역시 5대 간부쯤 되는 남자라 그런지 하는 짓도 격이 다르다.

"그 두부는 맛있었나?" 내가 물었다.

"안타깝게도." 다자이는 썩 내키지 않는 듯 얼굴을 찌푸리며 말했다. "얇게 썰어 간장을 뿌려 먹었더니, 엄청나게 맛있었어."

"맛있었구나……." 나는 감탄했다. 다자이라는 남자는 무엇을 하든 평범한 사람은 꿈도 꿀 수 없는 전과를 올리는 듯했다. "다음에 맛 좀 보여 주게."

"오다 사쿠 씨…… 방금은 딴지를 걸었어야죠."

입구 쪽에서 목소리가 들렸다. 돌아보니, 학자풍 청년이 계단을 내려오고 있는 중이었다.

"오다 사쿠 씨는 다자이 씨한테 너무 약해요. 다자이 씨가하는 말 세 가지 중 두 가지 정도는 쇠망치로 뒤통수를 때리면서 딴죽을 걸어야 수습이 될 정도인데. 보세요, 바 전체가침묵에 휩싸인 별세계가 됐잖아요. 사장님은 아예 몸을 바르르 떨고 있어요."

이 사람의 이름은 사카구치 안고. 둥근 안경을 쓰고 양복을 입은 학자풍 차림이지만, 이래 봬도 우리와 같은 직업. 즉, 마피아 전속 정보원이다.

"여어, 안고! 잠시 못 만났는데, 여전히 건강해 보이는군."

다자이가 웃으며 손을 들었다.

"힘이 넘치긴요. 도쿄에 출장을 갔다가 지금 막 돌아왔습니다. 당일치기로요. 오래된 신문처럼 너덜너덜합니다." 안고는 목을 돌리면서 다자이 옆의 바 스툴에 걸터앉더니, 어깨에 멘 진홍색 가죽 가방을 테이블 위에 올려 두었다. "사장님, 항상 마시던 걸로 부탁합니다."

안고가 다자이 옆에 앉을 즈음, 바텐더가 노란색 액체를 안고 앞에 놓아 주었다. 안고의 발소리가 가게 입구에서 들릴 때부터 이미 만들기 시작하고 있었던 것이다. 잔 안에서 부풀어오르는 거품이 바로 위의 조명을 반사해 조용히 빛났다.

"출장이라. 좋은걸? 나도 놀러 가고 싶어. 사장님, 게 통조림 하나 더 주세요."

다자이는 텅 빈 캔을 흔들며 말했다. 다자이 앞에는 이미 텅 비어 버린 캔이 세 개나 쌓여 있었다.

"놀러요? 마피아 모두가 다자이 씨처럼 시간을 때우며 살고 있는 건 아닙니다. 물론 일을 하러 간 거죠."

"안고, 근데 내가 보기엔." 다자이는 새로 나온 게 통조림의 살코기를 손가락으로 집어 먹으며 말했다. "이 세상에 존재하는 모든 것이 죽을 때까지 시간을 때울 수 있게 해 주는 도구에 불과해. 그래, 무슨 일을 했지?"

안고는 살짝 시선을 공중에 내던지며 대답했다. "낚시입니다."

"호오, 아주 고생했겠군. 많이 잡았나?"

"제로. 완전히 헛걸음이었어요. 유럽의 1등급 물품이라고 해서 가 봤는데, 모두 동네 수예 교실만도 못한 잡동사니였죠."

'낚시'란 조직 안에서 사용되는 은어로, 밀수 상품을 매입하는 일을 말한다. 대부분은 해외에서 만들어진 무기나 부정

유출된 물건을 산다. 그리고 가끔 보석이나 미술품이 유통되기도 한다.

"하지만 나쁘지 않은 골동품 시계가 하나 있었습니다. 중세 후기의 시계 장인이 만든 작품이에요. 위조품이긴 하지만 이 정도 완성도라면 살 사람이 나타날 겁니다." 안고는 가방 안에서 종이로 감싼 상자를 살짝 보여 주었다. 그에 더해 가방에는 담배나 접이식 우산 등, 출장 도구가 들어가 있었다.

"……거래는 몇 시에 끝났지?" 다자이가 짐을 보면서 문득 생각났다는 듯이 물었다.

"밤 8시입니다. 놀 시간도 없어서 바로 돌아왔어요." 안고가 쓴웃음을 지으며 대답한 뒤 덧붙였다. "아무튼 받는 돈만큼은 일했습니다. 이걸로 저도 목을 부지할 수 있겠죠."

"그렇게 약한 소리를 하다니. '마피아의 모든 것을 알고 있는 남자'라는 말까지 듣는 사카구치 안고가 아닌가." 다자이가 생글거리며 말했다.

마피아 소속의 정보원인 안고는 다른 조직과 비밀 정보를 주고받는 정보원이다. 어느 간부의 파벌에도 속하지 않은 채, 보스의 명령으로 거래 날짜, 다른 조직과의 동맹, 때로는 내통이나 배반, 반역 알선 등, 중요하고 기밀성이 높은 정보를 전달한다. 이른바 어둠의 밀사다. 조직의 추세를 결정하는 중요한 정보는 대부분이 안고를 거쳐 보스의 귀로 들어간다.

당연히 안고를 고문해 정보를 캐내면 황금보다도 귀중한 마피아의 정보가 손에 들어온다. 당연히 어설픈 사람은 그렇게 큰 역할을 맡아서 할 수 없다. 때문에 비비꼬인 철선 같이 강인해야 한다.

"역대 최연소 간부에 비하면 제 업적이야 학생의 이력서나 마찬가지죠. 그런데 오늘 두 분은 무슨 상의할 일이 있어서 만나신 건가요?"

"오다 사쿠, 그런 게 있었나?"

"아니." 나는 다자이를 대신해 대답했다. "아무 예정도 없다. 우연히 이곳에 왔더니 다자이가 있었을 뿐이야." 그런 일은 흔한 일이지만.

"그래? 나는 오늘 밤에 이곳에 오면 너희 두 사람을 만날 수 있을 것 같은 기분이 들었거든. 그래서 그냥 한번 와 봤지." 다자이는 그렇게 말하더니, 자신의 말이 재미있다는 듯이 미소 지었다.

"저희에게 뭐라도 할 말이 있었던 건가요?"

"그런 건 없어. 단지, 이곳에 오면 평소처럼 밤을 보낼 수 있지 않을까 생각했을 뿐이야. 그래, 그뿐이지." 그렇게 말한 뒤 다자이가 유리잔을 손톱으로 튕겼다.

다자이가 무슨 말을 하려고 하는지는 대충 이해가 갔다. 우리는 자주 무언가에게서 도망치듯이 술집에 모였다. 그리고 커뮤니케이션을 나눈다는 명목으로 밤늦게까지 의미 없는 잡담을 나눴다.

이유는 모르겠지만 우리는 이 술집에서 자주 마주쳤다. 같은 조직이라고는 하지만, 다자이는 간부, 안고는 정보원, 나는 직함이 없는 말단 조직원이다. 원래대로라면 같이 술잔을 나누기는커녕 서로의 이름조차 몰라도 이상할 게 없다. 하지만 이렇듯, 우리는 서로의 직분도 나이도 상관 않고 서로의 말에 귀를 기울였다. 아마도 서로의 처지가 너무나도 아득하게 떨어져 있기 때문이겠지.

"그러고 보니." 다자이가 공중에 아무것도 없는 곳을 바라보면서 문득 생각났다는 듯이 중얼거렸다. "우리 셋이 이곳에서 같이 술을 마시게 된 지도 꽤 됐는데, 오다 사쿠가 일에 대해 불평하는 소리를 거의 못 들었네?"

"그러네요. 저나 다자이 씨와는 달리 오다 사쿠 씨의 일은 조금 특수하니까요."

"특수하지는 않아." 나는 고개를 저었다. "단지 말할 가치가 없을 뿐이지. 들어도 재미없을 테고."

"또 그렇게 숨긴다." 다자이는 불만스러운 표정으로 나를 바라보았다. "솔직히 말해 우리 셋 중에서 오다 사쿠가 하는 일이 가장 재미있어. 자, 자백해 보실까. 1주일간 어떤 일을 했지?"

나는 조금 생각한 뒤, 손가락을 꼽으며 대답했다.

"마피아 산하의 상점가에서 일어난 도난 사건의 조사. 근처 초등학생들이 범인이었지. 그리고 권총을 분실했다는 마피아 산하 조직의 양아치와 그 녀석의 집을 청소. 권총은 밥통 안에 있더군. 이어서 우리 조직 계열 기업의 임원이 내연녀와 아내 사이에 끼어 치정 싸움으로 난리가 난 상황을 중재. 그 외에는 마피아 사무실 뒤쪽에서 발견된 불발탄을 처리한 정도야."

"오다 사쿠, 진지하게 하는 말인데, 나랑 일을 교환하지 않을래?" 다자이가 눈을 반짝이며 몸을 앞으로 내밀었다.

"불가능하겠지."

"근데 불발탄이라며!! 안고, 들었어? 왜 오다 사쿠에게만 그렇게 재미있는 일이 생기는 거지? 불공평해! 내일 보스에게 불발탄 처리도 못 하는 간부 따위는 그만두겠다고 직접 호소하겠어!"

다른 간부가 들었으면 눈을 희뜩이며 졸도할 말이지만, 안고는 평소와 다름없는 표정으로 "그러세요." 하고 대충 고개를 끄덕이며 받아넘겼다.

나는 일단 마피아에 소속되어 있지만, 돌아오는 일은 말이 좋아 암흑사회에서 일어나는 일이지, 아무도 하고 싶어 하지 않는 궂은일뿐이었다. 그 이유는 단순히 나에게 지위와 실적이 없고, 특정한 간부 파벌에 소속되어 있지 않아, 얼토당토않은 공짜 일을 떠넘기기 쉬웠기 때문이다.

즉, 마피아 안의 심부름센터 같은 역할이다.

결코 좋아서 하는 일이 아니다. 중역의 아내와 내연녀가 좌우에서 동시에 계속 소리를 지를 때는 그냥 여기서 혀를 깨물고 죽을까를 두 번 정도 진지하게 생각했었다. 내가 그런 업무에 계속 시달리는 이유는 단순하게 그 외에는 아무것도 할 수 없기 때문이다.

왜냐하면——.

"그럼 하다못해 다음 일을 할 때는 나도 데리고 가 줘. 방해는 안 할 테니까."

"추천하지 않아요." 안고가 옆에 있는 다자이를 힐끔 쳐다 보았다. "범인 찾기나 잃어버린 물건 수색이라면 몰라도 인 간관계에 문제가 생겼을 때 다자이 씨를 데리고 가 봐야 불 난 집에 기름만 부어 버리는 꼴이 될 테니까요."

"나 때문에 더 화려하게 불타는 인간관계라니, 왠지 멋진걸?"

"이것 보세요."

나는 안고의 지적에는 대답하지 않은 채 조용히 술을 마셨다.

"다자이 씨, 다른 사람이 일하는 데에 목을 내밀지 말고, 다른 취미를 가져 보는 게 어때요? 자살 미수보다 조금 더 건전한 걸로요."

"취미라." 다자이는 소년티가 남은 얼굴로 입술을 삐죽였 다. "체스나 바둑은 너무 간단해서 시시한데. 그 외에 뭐가 있을까?"

"운동은 어떤가요?"

"난 피곤한 건 싫어."

"학문은요?"

"귀찮아."

"그럼 요리…… 아니, 아무것도 아닙니다."

안고가 고개를 숙이더니 입을 막았다. 일찍이 다자이가 나 와 안고에게 대접한 '원기 영계백숙'의 맛이 기억났기 때문 이겠지. 이름 그대로 원기를 회복시켜 주기는 했지만, 원기 가 회복된 사이, 즉, 음식을 먹은 후 며칠간의 기억이 전혀 나지 않았다. 그래서 나중에 무슨 재료를 썼냐고 추궁했는데, 다자이는 우후후 하고 웃을 뿐 대답을 해 주지 않았다.

"그렇지. 내가 새 영계백숙 레시피를 개발했어. 다음에 시식 좀 해 주지 않을래? 이름하여 '초인 정력 전골'. 먹으면 몇 시간을 달려도 지치지 않는 꿈의……."

"죽어도 싫습니다." 안고가 딱 잘라 거절했다.

"지치지 않는다면 일하기 전에는 먹어도 좋을 듯하군."

"……오다 사쿠 씨, 바로 그거예요. 딴지를 걸어야 할 때 딴지를 걸지 않으니 다자이 씨가 폭주하잖아요."

그렇군. 방금 그 상황이 안고가 말하는 '딴지를 걸어야 할 때'란 말인가. 한 가지 공부가 되었다.

"사장님, 망치 있어요?"

"없습니다."

"없나요?"

"없으면 어쩔 수 없죠." 다자이가 웃으며 말했다.

"아…… 일을 끝내고 왔는데 벌써 머리가 아파……."

안고가 힘없이 고개를 떨궜다.

일이 많이 힘들었던 모양이다.

"안고, 일을 너무 많이 해서 그래."

"맞아, 일을 너무 많이 해서 문제야."

안고는 나와 다자이를 번갈아 노려본 뒤, "그런 것 같네요." 하고 말했다.

"저는 마치 이곳에서 공짜로 잔업을 하고 있는 기분이네요.

오늘은 이만 실례하겠습니다."

"뭐야, 돌아가게?" 다자이가 섭섭하다는 듯이 말했다.

"솔직히." 안고는 입만 살짝 움직여 미소 지으며 말했다. "이곳에 와서 두 분이랑 같이 술을 마시면 자신이 어둠의 사회에서 불법적인 조직에 몸을 담고 있다는 사실을 잊어버릴 것 같아요. 사장님, 잘 먹었습니다."

안고는 카운터 위에 있는 자신의 짐을 들고 자리에서 일어섰다.

"그 가방 안에는 출장할 때 필요한 게 들어 있는 건가?" 나는 안고의 가죽 가방을 가리키며 물었다. 특별히 깊은 의미가 있는 것은 아니었다. 그냥 불러 세울 구실이 필요했을 뿐이었다.

"네. 대단한 게 들어가 있지는 않아요. 담배와 호신용 무기, 접이식 우산이 들어 있을 뿐이죠." 안고는 가방 안을 크게 벌려 보여 주었다. "그 외에는 작업용 사진기 정도입니다."

"그렇지, 사진을 좀 찍으면 어떨까." 다자이가 갑자기 밝은 목소리로 말했다. "기념으로."

"무슨 기념이지?" 나는 물었다.

"이곳에 셋이 모인 기념. 아니면 안고가 출장을 무사히 다녀온 기념이나 불발탄 처리 기념. 그 외에도 뭐든 상관없고."

"간부님의 말씀대로 하겠습니다." 안고는 어깨를 으쓱하며 그렇게 말하더니, 가죽 가방에서 검은 사진기를 꺼냈다. 낡은 형태의 필름 감광형 사진기였다. 오래 사용하여 군데군데에 검은 도장이 벗겨져 있었다.

"멋지게 좀 찍어 줘."

안고는 쓴웃음을 지으며 다자이와 내 모습을 촬영했다. 다자이의 부탁으로 이번엔 내가 사진을 찍어 주기로 했다. 안고와 다자이가 카운터에서 서로 옆자리에 앉은 사진. 다자이는 "이 앵글이 남자답게 찍힌단 말이지." 하고 말하며 스툴에 다리를 올리고 몸을 기울여 포즈를 취했다.

"다자이, 왜 갑자기 사진을 찍자고 한 거지?"

"지금 사진을 찍지 않으면 우리가 이렇게 모였다는 증거를 남겨 놓을 수 없을 것 같단 생각이 들었거든. 이유는 모르겠지만." 다자이는 생긋 웃었다.

결국 그 말대로 됐다. 그날이, 우리 사이의 눈에 보이지 않는 무언가—— 잃어버린 뒤의 공백에 의해 존재를 증명할 수 있는 무언가를, 사진으로 남길 수 있는 마지막 기회였다.

우리가 그 술집에서 사진을 찍을 수 있는 기회는 그 뒤로 두 번 다시 찾아오지 않았다.

세 사람 중 한 명이 그 후 얼마 안 있어 죽었기 때문이다.

# 1장

포트 마피아에는 세 가지 규칙이 있다. 보스의 명령에는 절대적으로 따를 것. 조직을 배반하지 말 것. 공격을 받았으면 반드시 그 이상으로 되갚아 줄 것. 이 순서는 그대로, 중요도 순이기도 했다.

그래서 그날 아침, 커피를 내리는 중에 걸려온 보스의 호출 전화 때문에, 나는 하마터면 입에 물고 있던 빵을 떨어뜨릴 뻔했다.

전화 너머에서 참모가 "오다 사쿠노스케. 보스가 부르신다."라고 감정 없는 목소리로 말했다. 그때 번뜩 머리에 떠오른 단어는 세 개, '불필요', '폐기', '해고'였다. 손끝이 차갑게 식어 버렸다.

나는 전화를 끊자마자 아주 다급히 빵을 입에 쑤셔 넣고, 캐나디언 베이컨과 스크럼블 에그를 각각 세 조각으로 잘라서 목구멍 안으로 밀어 넣었다. 그리고 컵에 내려 두었던 커피에 각설탕과 크림을 넣었다.

나는 셔츠를 입으면서 커피를 마셨다. 화상을 입을 정도로 뜨거운 커피가 머리의 안쪽을 마구 걷어차 준 덕분에 이대로 아무도 모르는 지방으로 도망가자는 멍청한 생각은 일단 머릿속에서 사라졌다. 수염을 깎고 바지를 입었다. 이어서 양 어깨에 가죽 하네스를 걸치고, 하네스 좌우 옆구리에 있는 홀스터에 손에 익은 9밀리미터 구경 권총을 꽂아 넣었다. 그리고 코트를 걸치고 집을 나섰다.

차를 타고 고속도로를 엉망진창으로 내달려 사무실을 향해 갔다. 어떻게 사무실로 갔는지 기억이 잘 나지 않는다. 3차선짜리 고속도로에서 두세 번 정도 역주행을 한 것 같은 기분이 든다.

아무튼 무사히 사무실에 도착한 나는 로비까지 걸어갔다. 경비를 서는 동료에게 가볍게 인사를 한 뒤, 엘리베이터에 올라타 꼭대기 층까지 갔다. 유럽의 고급 호텔을 떠올리게 하는 로비에도, 근미래의 공간 이동 장치를 떠올리게 하는 엘리베이터 내부에도, 먼지는 물론 지문이 묻은 흔적조차 없었다.

이 사무실이 세워져 있는 곳은 요코하마 중심부의 1등지였다. 그리고 같은 규모의 사무실이 근처에 네 개 더 세워져 있었다. 엘리베이터에서 유리벽 너머로 시가지를 내려다보았는데, 내 시선보다 높았던 건물이 점차 줄어갔고, 결국에서는 그런 건물이 모두 사라졌다. 그런데도 엘리베이터는 멈추지 않고 계속 올라갔다.

나는 아침의 빌딩숲을 내려다보면서 보스에게 호출된 이유를 생각해 보았다.

다시 생각해 보니, 겨우 말단 조직원 한 명을 처분하기 위해 최상층에 있는 집무실까지 부를 리가 없었다. 부하를 제거하고 싶다면 폐기물 처리장으로 불러내 토막을 낸 다음, 청소부에게 처리하라고 하면 그만이다. 수고도 비용도 얼마 들지 않는다. 보스는 옛 포트 마피아를 지배해 왔던 선대 보스들과 비교해 봐도 합리적인 사고를 지닌 사람으로, 특히 그런 일을 할 때에는 자연과의 조화를 더 선호한다.

하지만 그렇다면 보스는 나 같은 조직원에게 대체 무슨 볼일이 있다는 걸까?

엘리베이터의 문이 열리자 더 이상 아무런 생각을 할 수 없었다. 이 앞 복도는 아무리 달려도 아무런 소리도 나지 않는 털이 긴 카펫이 깔려 있었고, 대전차 로켓포를 날려도 파괴되지 않을 것처럼 보이는 탄탄한 벽으로 둘러싸여 있었다. 게다가 광원의 위치를 알 수 없을 정도의 완벽한 간접 조명 덕분에 복도 전체는 희미한 유백색이었다.

집무실 앞에 서 있는 검은 양복 차림의 보초에게 이름을 알려 주었다. 그러자 보초는 아무 말 없이 안쪽을 가리켰다.

집무실로 연결된 프렌치도어 앞에서 나는 자신의 옷차림을 재점검하고, 수염이 잘 깎였는지 손끝으로 확인해 보았다. 그리고 헛기침을 한 번 한 다음, 교회에서 신에게 호소하듯이 안을 향해 소리쳤다.

"보스. 오다입니다. 들어가겠습니다."

"앨리스, 우리 드레스 입어 보자. 아주 잠깐이면 되니까,

응?! 1초만 휙 입어 보면 돼!"

……수상한 말이 집무실 안쪽에서 들려왔다.

나는 아무 소리도 안 들린 척을 하며 3초간 기다린 뒤, 다시 호흡을 가다듬었다.

"보스, 오다입니다. 들어가겠습니다."

"아니, 앨리스. 그렇게 마구 벗어 놓으면 안 되잖아. 그 스카프는 비싼 거란 말이야."

……또다시 수상한 말소리가 들려왔다. 나는 조금 생각을 한 뒤, 우연히 문을 열고 만 나쁜 부하 연기를 하기로 했다.

"실례합니다."

그 말과 동시에 프렌치도어의 문을 열어 보니, 넓은 집무실을 이리저리 뛰어다니는 두 사람이 눈에 들어왔다. 흰 옷을 입은 중년 남자와 열 살이 될까 말까한 어린 소녀. 소녀는 거의 알몸이나 마찬가지였고, 중년 남자는 마피아의 보스였다.

"싫어, 절대 싫어!"

"앨리스, 제발 부탁이야. 좀 입어 봐, 응? 내가 최선을 다해서 고른 거야. 여기 새빨간 프릴 좀 봐! 마치 꽃잎 같지?! 분명히 잘 어울릴 게 틀림없어!"

"예쁜 옷이 싫은 게 아냐. 린타로가 너무 호들갑스러워서 그래."

"평소에도 마찬가지잖아. 와, 잡았다!"

"보스."

내가 말을 걸자 두 사람은 동시에 이쪽을 바라보았다. 웃는 모습이었다. 그리고 웃는 모습 그대로 꼼짝도 하지 않았다.

"분부하신 대로 달려왔습니다. 무슨 일이십니까?"

보스는 미소를 지은 채 나를 계속 바라보았다. 도움을 요청하는 눈이다. 나한테 도움을 요청해 봐야, 내가 해 줄 수 있는 일은 없다.

"저를 부르신 이유를 말씀해 주십시오, 보스."

"어……."

보스는 방 안에 있는 책상, 천장의 조명, 창문, 유화, 백금 촛대 등을 둘러본 뒤, 옆에 있는 어린 소녀를 보고 말했다.

"왜 불렀지?"

"몰라."

앨리스라고 하는 소녀는 길가의 토사물을 보는 듯한 눈초리로 보스를 노려보더니, 옆방의 문을 열고 안으로 들어가 버렸다. 나는 보스의 다음 말을 기다렸다.

보스는 실내를 두리번거린 뒤, 중앙의 집무실 책상 뒤쪽으로 돌아가 근처에 있던 스위치를 눌렀다. 마을을 내려다볼 수 있는 창문에 전류가 흐르자 빛이 차단되어 회벽 벽면이 되었고, 방은 급속히 어둑어둑해졌다. 그리고 보스가 가죽제 집무실 의자에 앉자, 소리도 없이 경호 근위대 두 사람이 방의 어디에선가 나타나 보스의 등 뒤에 섰다. 마호가니로 만든 책상 위의 탁상 스탠드 불빛에 옆얼굴이 드러난 보스는 눈을 가늘게 뜨고 눈썹을 모으면서 책상에 양쪽 팔꿈치를 대고 앞쪽으로 팔짱을 낀 채, 나에게 낮은 목소리로 말했다.

"——자, 그럼."

"네."

"오다. 자네를 부른 것은 다른 게 아니네." 어둑어둑한 집무실에서 보스는 나에게 날카로운 시선을 내던졌다.

"네."

"……오다." 조금 뜸을 들인 뒤 보스가 말했다. "자네는 다른 사람에게 '딴지 좀 더 자주 걸어라.' 라는 말을 들은 적 없는가?"

어떻게 알았을까. "자주 있습니다."

이유를 묻기 위해 보스의 등 뒤에 대기하고 있던 검은 옷차림의 경호 담당을 바라보았다. 꼼짝도 하지 않은 채, 무표정하게 서 있던 동료는 시선을 살짝 외면했다.

"아무튼, 자네는 방금 이곳에 온 거다. 아무것도 못 본 거야. 알겠지?"

"네." 나는 고개를 끄덕였다. 실제로도 방금 여기에 온 참이니 당연한 대답이다. "저는 방금 여기에 온 참입니다. 보스는 어린 소녀의 옷을 벗기고 뒤를 쫓아다녔지만 바로 멈춘 뒤, 저를 맞이해 주셨습니다. 감사합니다. 저에게 하실 말씀이 무엇입니까?"

보스는 미간에 손가락을 대고 무언가를 골똘히 생각하더니, 대충 이해가 갔다는 듯이 고개를 끄덕였다.

"……일전에 간부인 다자이가 말했었지. '오다 사쿠는 악의가 없는 남자로, 익숙해질 때까지는 대하기가 힘들지만 익숙해지면 오히려 위로를 받는다.' …… 지금 조금이지만 그 의미가 이해가 되는군."

그런 이야기는 처음 들었다. 하지만 다자이의 성격을 생각하면 그냥 생각나는 대로 대충 말을 뱉어낸 거겠지. 스무 살이 넘은 남자가 다른 사람을 위로해 줄 수 있을 리가 없다.

보스는 지금까지의 분위기를 떨쳐내듯이 헛기침을 한 번 하더니, "그래, 자넬 부른 이유 말이지?"하고 말했다.

보스는 책상 위에 놓아두었던 은색 시가 케이스를 손에 쥐고 바라보더니, 시가를 하나 꺼내 들었다. 하지만 그걸 피울 생각은 하지 않고 가만히 매만지더니, 조용하게 말했다.

"사람을 찾아 줬으면 해."

"사람을, 말입니까?" 나는 보스의 말을 되뇌었다. 여기서 죽으란 얘기가 아니니 다행이긴 했지만, 아직 안심하긴 일렀다. "몇 가지 확인을 하고 싶습니다. 보스가 이곳에서 직접 의뢰를 하셨다는 것은 평범하지 않은 인물을 찾으라는 말씀 이시죠? 일개 조직원에 불과한 저 한 사람으로는 부족하지 않을까요?"

"아주 당연한 질문이군." 보스가 미소 지었다. "보통 자네 정도의 계급이라면, 조직간 전투의 최전선에서 총알받이가 되거나, 폭탄을 껴안고 군경의 처소에 뛰어드는 것이 일이겠지. 그런데 내가 자네의 평판을 들어서 잘 알고 있거든. 이번 일은 꼭 자네에게 부탁하고 싶어."

보스는 시가를 케이스에 돌려놓고, 아래로 떨어지려 하던 앞머리를 쓸어 올린 뒤 말했다.

"행방불명이 된 사람은 정보원인 사카구치 안고다."

내 마음을 엿볼 수 있는 사람이 있었다면, 아마 어마어마한 화산이 분출되는 풍경을 보았을 게 틀림없다. 내 마음속에서는 셀 수 없을 만큼 많은 의문부호가 분화구에서 분출해 하늘을 가득 메웠다.

하지만 내가 실제로 보인 반응은 손끝을 움찔 하고 굽히는 정도였다.

"역시 냉정하군. 지금 허둥댔다면 역시 수색을 보내기엔 적당하지 않을 거라고 판단했을 텐데…… 좋아, 설명을 계속하지. 안고가 소식 불명이 된 때는 어젯밤. 집에도 안 돌아간 모양이야. 스스로 모습을 감춘 건지, 아니면 누군가에게 유괴된 건지는 아직 밝혀지지 않았어."

즉, 안고가 행방불명된 것은 우리와 술집에서 헤어진 후라는 말이다. 하지만 적어도 술집에서는 특별히 특이한 점을 찾아볼 수 없었다.

그때 안고는 집으로 돌아가겠다고 했다.

그 말이 거짓이었다면 나나 다자이가 눈치를 챘겠지. 아마도── 눈치챘을 터다.

"알고 있듯이, 안고는 마피아의 정보원이다." 보스는 답답하다는 듯이 한숨을 내쉬었다. 그 표정은 행방불명된 부하인 안고를 진심으로 걱정하는 것처럼 보였다. "안고의 머릿속에는 마피아에 관한 극비 정보가 가득 들어차 있지. 마피아 이

중장부의 관리 방법, 마피아에 돈을 상납하는 기업과 임원의 리스트, 밀수품 정기 거래 상대의 연락처. 다른 조직에 팔면 엄청난 부를 쌓을 수 있을 뿐만 아니라, 조직의 아킬레스건을 남김없이 모두 뚝뚝 잘라낸 뒤, 우리에게 불을 지르고도 남아. 그게 아니더라도 안고는 우수하고 소중한 내 부하야. 그러니 무슨 일이 있다면 돕고 싶어. 내 마음을 알겠지?"

알겠다고는 말할 수 없었다. 어둠의 조직을 이끄는 사람과 일개 조직원은 직분의 차이가 너무나도 컸다. "물론입니다." 나는 그저 디너에 곁들여 나오는 음식처럼 말을 덧붙였다.

보스는 책상 위의 깃털펜을 들고 손끝으로 빙글빙글 돌렸다. "자네는 이런 종류의 귀찮은 일을 도맡아 한다면서? 조직에는 쏘고 때리고 협박하는 게 장기인 마피아들뿐이니, 자네 같은 사람은 아주 귀중하지. 기대하겠네."

아무래도 보스의 착각이 확실한 듯했다. 나는 사람을 찾는 데의 프로가 아니라 그저 피라미다. 분명히 이런 쪽의 일은 대부분 나한테 흘러들어 오지만, 그 이유는 대체로 내가 '쏘고 때리고 협박'하지 못하는 마피아이기 때문이다.

보스는 기분 좋은 듯한 표정을 유지한 채, 책상서랍 안에서 에치젠 화지라는 금박이 들어간 고급 종이를 꺼냈다. 그리고 깃털펜으로 물 흐르듯이 글을 적었다.

〈오다 사쿠노스케

위의 사람은 태연자약하지만 복잡하고 어지러운 모든 일을 시원스럽게 해결하니 말참견을 하지 말고 바로 도와줄 것.

오가이〉

"이걸 보여 주면 조직 내에서는 여러모로 편의를 봐주겠지. 가져가게."

나는 그 종이를 받아들었다. 이 종이는 이른바 권한 이양서다. 보통 '은색 탁선'이라고 불리는 이 종이의 소유자가 한 말은 보스의 발언과 동등하게 다루어지며, 종이를 보여 주고 지시를 내리면 5대 간부 이하의 사람은 그 지시를 거절할 수 없다. 만약 거절하면 조직에 대한 배신행위로 간주되어 처벌된다.

그 전설의 문서를 자신이 가지고 있다는 사실에, 좀처럼 믿기 힘든 비현실적인 느낌이 들었다.

"그게 있으면 간부도 마음대로 부릴 수 있지." 보스는 생긋 웃었다. "그러고 보니 자네는 간부인 다자이와 개인적인 친분이 있었군. 직분을 넘어선 우정이라 그건가. 다자이는 우수한 남자니 곤란한 일이 있으면 도움을 요청하게."

"그럴 생각은 없습니다." 나는 대답했다. 진심이었다.

"그런가? 역대 최연소 간부라는 지위는 호기나 허세만으론 손에 들어오지 않지. 조직의 동료들은 이단자 취급을 하지만, 나는 다자이의 실력이 특출 나게 뛰어나다고 생각하네. 아마 사오 년 뒤에는 나를 죽이고 보스 자리를 차지하고 있을 거야." 보스는 장난스럽게 웃음을 지었다.

나는 표정을 그대로 유지했지만, 내심으론 다리가 들뜰 정도로 깜짝 놀랐다. 그리고 보스의 얼굴을 바라보았다. 치기가 어렸다고 해도 과언이 아닌 그 생글거리는 표정에서는 보스의 진의를 읽어 낼 수 없었다. 그냥 농담에 불과한 걸까.

"좋은 소식을 기대하고 있겠네."

보스가 깃털펜을 스탠드에 꽂는 것을 신호 삼아, 나는 인사를 하고 문 밖을 향해 걷기 시작했다.

이상하게도 목이 말랐다.

잇달아 벌어지는 일들 사이사이에 숨은 작은 위화감이 뇌리에 눌어붙어 있었다. 하지만 그 위화감의 정체는 등의 보이지 않는 위치에 나 있는 오래된 멍처럼, 이상하게도 흐릿하고 멍하게 보였다.

"오다."

밖으로 나가려고 문에 손을 댔을 때, 보스가 등 뒤에서 말했다.

"자네가 어깨 아래에 꽂아 놓은 자동권총, 모양이 아주 멋지군."

나는 내 총을 바라보았다. 양복 안쪽에 걸어둔 홀스터에는 오래된 검은 권총이 꽂혀 있었다.

"손에 익어서 사용하고 있을 뿐, 골동품입니다. 하지만 그렇게 말씀해 주시니 영광입니다."

"작은 호기심에 묻는 말인데, 자네는 그 권총으로 사람을 죽인 적이 한 번도 없다는 소문을 들었네만."

나는 고개를 끄덕였다. 거짓말을 해 봐야 도움이 될 게 하나도 없다. "사실입니다."

"왜지?"

대답을 하기까지 호흡을 가다듬기 위해 몇 초간의 시간이 필요했다.

"그 질문은 조직의 책임자로서의 명령입니까?" 나는 물었다.

"아니. 지극히 개인적인 흥미야."

"그럼 대답하고 싶지 않습니다."

보스는 순간 어안이 벙벙한 듯 눈을 휘둥그렇게 떴다. 그리고 팔짱을 끼며 미소 지었다. 예의 없는 학생을 보고 황당해하는 교사 같았다.

"그런가? 그럼 가 보게. 좋은 소식을 기대하고 있겠네."

✕   ✕   ✕

같은 시간, 다자이는 항구에 있었다.

요코하마의 항만에서 바닷가를 따라 10분 정도 걸으면 인공적으로 조성된 숲에 둘러싸인 창고 거리가 나온다. 그곳에는 등록번호를 깎아서 없애버린 소형 선박이나 세계 각지에서 모아들인 도난 차량, 폭탄을 정제하는 대형 분리기가 늘어서 있다. 그 창고 거리는 근처 주민은커녕 시 경찰마저도 일이 없으면 들르지 않는 곳으로, 포트 마피아를 비롯한 암흑사회가 관리하는 이른바 지뢰 지대이다.

오늘 아침, 그 연안에 시체 세 구가 떠밀려 왔다.

"시 경찰에 연락이 가지 않도록 손을 써라. 그리고 시체를 운반하게 해라."

시체가 떠밀려온 현장에는 검은 옷을 입은 남자들이 묵묵히 움직이고 있었다. 포트 마피아의 조직원들. 거리의 불량배들인 조직원들도 지금은 표정을 지운 채, 그저 명령을 받은 대로 작업을 진행했다.

이유는 두 가지. 떠밀려온 시체가 그들의 동료── 포트 마피아의 조직원이었기 때문에. 그리고 사태가 심각해 곧 현장에 5대 간부 중 한 명이 시찰을 올 예정이었기 때문이었다.

"죽은 조직원에게 가족이 있는지 조사해라. 만약 있다면……." 현장을 지휘하던 마피아는 거기서 한 번 말을 끊었다. "가족에게는 내가 설명하지."

현장을 지휘하는 사람은 나이가 많은 마피아였다. 흰 머리카락에 엽궐련. 검은 외투도 양복도 반듯하게 다림질을 한 신사 같은 마피아. 고참 중 한 명, 히로츠 류로다.

히로츠는 품속에서 태엽 금시계를 꺼내 시간을 확인했다.

"곧 간부님이 납시신다. 그때까지 피해 상황을 정리해 둬라."

"안녕~ 여러분~."

히로츠의 말과 거의 동시에 인공림 너머에서 목소리가 들렸다. 모두가 긴장한 표정으로 그쪽을 돌아보았다.

나타난 사람은 소년이라고 해도 과언이 아닌 젊은이. 머리와 목, 팔에 두른 붕대, 쑥대머리에 미덥지 못한 발걸음. 포트 마피아의 5대 간부 중 한 명, 다자이 오사무.

히로츠는 재빨리 엽궐련의 불을 끄고, 품속의 휴대용 재떨이에 집어넣었다. 그리고 검은 옷을 입은 사람들 모두가 가슴에 손을 대고 최고의 예를 갖춰 인사했다.

"잠깐만 지금, 난관을 클리어하는 중이니까—— 으아악, 이를 어째, 실수했어! 내 폭격을 먹어라! 켁, 피하다니?!"

다자이는 걸으면서 소형 휴대 게임기와 씨름하는 중이었다. 손 안의 화면에 정신을 너무 지나치게 빼앗긴 나머지 작은 단차라도 있으면 앞으로 넘어질 듯 불안정한 발걸음이었다.

"이거야 원. 이 부분은 아무리 해도 돌파를 못 한단 말이야! 이 굽은 길이 아주 힘들거든. 이곳을 통과할 때마다 언제나—— 아, 또 실패했어!"

"다자이 님." 아무런 말도 하지 못하는 부하들을 대신해 히로츠가 머뭇거리며 말을 걸었다. "여기까지 오시게 해서 죄송합니다. 무기고의 경비가 당했습니다. 상황이 어떤지 말씀드리면——."

"마피아의 무기고를 노리다니 이렇게 목숨 아까운 줄 모르는 녀석은 참 오랜만인걸? 수법은?" 게임기를 바라본 채, 다자이가 물었다.

"각각, 9밀리 총탄을 10에서 20발 정도 맞아 즉사했고 보관 중이던 총화기도 도둑맞았습니다. 도둑맞은 총화기는 자동소총이 40정, 산탄총이 8정, 권총이 55정, 저격총이 2정,

수류탄이 80개, 기폭식 고성능 폭약이 합계 18킬로그램입니다. 출입을 관리하는 전자 암호 자물쇠는 평범하게 번호를 눌러 풀었습니다. 번호의 유출 경로는 아직——."

"그럼 한번 봐 볼게. 이것 좀 부탁해."

"넷."

갑작스럽게 휴대 게임기를 건네받은 히로츠는 표정이 굳었다.

"중반 코스의 직선주로에서 타이밍 좋게 가속 아이템을 사용하는 게 요령이야. 그건 그렇고, 시체는?"

"넷. 시체는 방파제 옆에—— 음? 이, 이건 어떻게 버튼을 누르면 되는 거지?"

휴대용 게임기를 들고 허둥대는 히로츠를 무시한 채, 다자이가 가벼운 발걸음으로 시체 쪽으로 다가갔다.

시체 세 구는 똑바로 늘어서 있었다. 모두 선글라스를 쓴 검은 옷의 다부진—— 어제까지는 다부졌던—— 남자들이다. 몇 시간 동안 바다에 잠겨 있었기 때문인지 그들의 피부는 벗겨져 있었다. 하지만 익사한 시체라고 하기에는 그렇게 참혹한 편이 아니었다. 바다에 빠졌을 때, 그들의 피가 대부분 흘러 바닷속으로 가라앉았기 때문이었다.

"흐음." 다자이는 크게 관심이 없는 듯한 모습으로 늘어서 있는 시체를 내려다보았다. "무기를 홀스터에서 빼내지도 못한 듯하군. 칠칠치 못하긴. 그리고…… 총상을 보니 거의 관통. 이렇게 많이 총알이 관통한 걸 보면, 아주 가까운 거리에서 기관단총에 맞은 것 같아. 아주 가까운 거리까지 접근하고도 들키지 않았다니, 꽤 실력이 좋은가 봐. 기대가 되는 걸? 창고의 감시 영상은?"

마지막은 히로츠에게 한 말이었다. 히로츠는 힘없는 표정으로 손 안의 게임기 화면을 내려다보았는데, 화면에는 크게 부서진 기체가 표시되어 있었다.

"정말 면목이 없습니다……." 히로츠가 기어들어 가는 목소리로 중얼거렸다.

다자이는 신기한 표정으로 히로츠를 바라보았다. 자신이 게임기를 히로츠에게 건네준 사실도 이미 잊어버린 듯한 표정이었다.

"히로츠 씨." 다자이가 눈을 가늘게 떴다.

"저어…… 한 번 더 기회를 주시면 반드시." 히로츠가 게임기를 고쳐 잡으며 말했다.

"마약으로 문제를 일으킨 부하는 빨리 잘라 버리는 게 좋아." 갑자기 뜬금없이 다자이가 그렇게 말했다.

"마약?" 히로츠의 표정이 급격하게 굳었다. "아니, 그런 것에 손을 댄 자는 없습니다. 물론 부하에게도…… 저의 부하들은 매우 뛰어나서."

"허리의 권총." 다자이가 히로츠를 가리켰다.

히로츠는 양복 벨트에 끼워 두었던 총을 손으로 급히 감쌌다. 의식적으로 한 행동이 아니다. 반사적인 행동이었다.

"히로츠 씨는 평소에 총을 가지고 다니지 않지? 게다가 히로츠 씨는 무기 종류를 소중히 다루는 사람이니, 벨트에 아무렇게나 끼운 그 모습으로 추정컨대, 그 총은 개인 물품도 상품도 아니야. 손질을 해 둔 정도로 보면, 부하의 물건이군. 그렇지?"

히로츠는 입을 다문 채 대답하지 않았다. 다자이는 말을 계속했다.

"백인장인 히로츠 씨에게는 스무 명 정도의 부하가 있어. 그 부하에게 빌린 총인가? 아니. 아침 이 시간대에 총이 필요한 안건은 없지. 빼앗은 거야. 왜냐. 총목의 흰 가루와 살짝 묻은 혈흔 때문에. 하지만 히로츠 씨에게는 가루도 혈흔도 묻어 있지 않아. 부하가 마약에 얽혀 소동을 일으킨 거지? 히로츠 씨의 눈을 속이고 어젯밤에. 그래서 부하를 묶어 무기를 빼앗았어. 무슨 짓을 할지 알 수 없으니까."

"그건."

히로츠는 꾹 억누른 목소리로 말했다. 그 말을 차단하듯이 다자이가 계속 말했다.

"그 부하는 조직의 방침을 완전히 무시한 거야, 히로츠 씨. 마약 판매는 이익도 크지만 귀찮은 일도 잇달아 터지고 말아. 이능력 특무과, 마약단속관, 군경의 반사회 조직 감식반. 우리가 실수하기를 단단히 벼르고 있는 정부 조직에게 아주 좋은 구실을 주게 돼. 총을 빼앗는 것 정도로는 아주 부족하지."

"하지만……."

"히로츠 씨. 나는 어쩐 일인지 간부라는 높은 자리에 올랐어. 간부가 되면 어쩔 수 없이 부하가 생기지. 하지만 나는 변변치 못한 녀석들을 잘 통솔해 성과를 낼 만한 위인이 못돼. 그래서 나는 제구실을 못 하는 녀석들을 빨리 잘라 버리기로 했지. 그 부하는 처분해야 해."

"……정말 죄송합니다." 히로츠는 쥐어 짜내는 듯한 목소리로 말했다.

마피아의 세계에서 '처분'이란, 즉, 사형을 의미한다. 간부급의 명령에 따르지 않으면, 반역으로 간주되어 그 자신도 같은 운명에 처한다.

히로츠는 사과를 하긴 했지만, 더 이상은 말을 하지 않았다. 다자이는 차가운 눈빛으로 히로츠를 바라보았다. 시간마저 얼어 버린 듯한 침묵.

"……하하! 농담이야."

다자이가 갑자기 밝은 목소리로 말했다.

히로츠가 당혹스러운 표정으로 다자이를 바라보았다.

"히로츠 씨는 부하를 쉽게 잘라 버리지 못하니, 아마 부하의 뒤를 따라가겠지. 맡겨 둘게. 보스한테는 아무 말도 하지 않을 테니까." 다자이는 웃으며 히로츠의 어깨를 두드렸다.

히로츠는 고개를 끄덕이면서 무의식적으로 자신의 목을 쓰다듬었다. 근육이 잔뜩 굳어 있다.

역대 최연소 간부인 다자이는 조직 내에서도 살아 있는 전설로 통한다. 다자이의 눈을 피할 수 있는 진실 따위는 존재하지 않는다. 그것은 외부의 적이든, 내부의 사건사고이든 마찬가지였다.

그리고 중요한 일은, 다자이가 무엇을 원하고 무엇을 싫어하며, 무엇을 옹호하고, 무엇을 고발할지, 아무도 예측할 수 없다는 것이었다. 그것은 조직 내에 수십 년간 몸을 담고 있는 고참인 히로츠도 마찬가지였다.

지금 히로츠는 다자이에게 '처분'을 당해도 전혀 할 말이 없었다.

"그럼 본론으로 들어가지. 습격자들의 영상은?" 다자이가 손가락으로 딱 소리를 내며 물었다.

히로츠가 신호를 보내자, 검은 옷을 입은 부하 한 명이 현상된 감시 영상의 사진을 가지고 왔다. 합계 다섯 장. 다자이는 그것을 손에 들고 바라보았다.

그 사진에는 몇 명의 남자들이 창고에 침입해 포트 마피아가 소장하고 있는 총화기를 옮기는 모습이 찍혀 있었다. 그 남자들은 헤져 너덜너덜한 자루를 뒤집어쓰고, 지저분한 포목을 외투 대신에 걸친 모습이었다. 얼핏 보면 뒷골목에 있는 떠돌이 같은 모습이었다. 하지만.

"병사군." 사진을 보자마자 다자이가 엷게 웃었다. "그것도 아주 훈련된 병사야."

다자이는 각도를 바꾸어 가면서 어둑어둑한 곳에 떠오른 누더기 차림의 남자들을 몇 번이고 확인해 보았다.

"그냥 딱 보면 떠돌이처럼 보이지만 말이야. 이 녀석들은 각자가 사각을 없애기 위해 마름모꼴로 진형을 짜서 전진하고 있어. 히로츠 씨, 이 총이 뭔지 알겠어?"

다자이는 습격자들이 허리에 꽂아둔 권총을 가리켰다.

"옛날 모델이군요. 상당히 오래됐습니다. 저보다도 나이가 많겠지요. 회색 총신과 가는 총구를 통해 추측해 보자면, '회색 유령'이라고 불리던 유럽의 구식 권총인 듯합니다."

"난 어제 이 총을 봤어." 다자이가 눈을 가늘게 떴다. "무기고를 습격한 자들은 그 직전에 우리를 습격한 거지. 그렇다면—— 양동 작전인가. 우후후, 이거 참 재미있군. 생각보다 훨씬 유쾌한 녀석들이야."

다자이는 사진을 든 채, 빙글 하고 조직원들에게 등을 돌려 걷기 시작했다. 그리고 엄지를 입술에 대고 혼자 중얼거리며 주변을 이리저리 걸어 다녔다.

"거래 현장을 습격한다는 사전 정보는 일부러 흘린 건가? 그래서 전력을 한 곳에 모아 무기고의 방비를 약하게 한 거군. 그 다음 무기를 훔쳐 냈다라—— 그것도 대량으로. 뭘 위해서? 되팔기인가? 아니, 그렇다면 무기일 필요는 없어. 아하, 이건——."

다자이는 중얼거리며 깊은 생각에 빠졌다. 이렇게 된 이상 부하들은 아무 말 없이 가만히 기다리는 수밖에 없다.

"………."

히로츠를 비롯한 부하들은 자신들보다 훨씬 어린 간부가 골똘히 생각하는 모습을 부동자세로 가만히 지켜보았다.

"뭔가 좀."

한참을 생각한 뒤, 다자이가 말했다.

"목이 말라."

"뭘 좀 사오라고 하겠습니다." 히로츠는 옆에 있던 부하에게 손가락으로 지시를 내렸다. 그러자 조직원 한 사람이 허둥대며 달려갔다.

"밀크가 가득 들어간 커피. 아주 차가운 걸로." 뛰기 시작한 검은 옷을 입은 조직원에게 다자이가 밝게 소리쳤다. "아, 근데 얼음이 들어가면 안 돼. 카페인이 없는 게 있으면 그게 좋겠어. 설탕은 두 배로 넣어 오고!"

식은땀을 흘리며 지시를 복창한 뒤 떠나가는 검은 옷의 조직원을 바라보면서 다자이가 중얼거리듯이 말했다.

"히로츠 씨. 이번에 녀석들이 습격한 곳은 평범한 무기고가 아니야. 포트 마피아의 비상용 무장을 보관하는 세 개의 최고 보관실 중 하나지. 그곳은 경비도 엄중하고, 허가를 받지 않은 자가 근처에 접근만 해도 경보가 울리게 되어 있어. 그런데 적은 그걸 쉽게 뚫은 것은 물론, 실제 비밀번호까지 입수해 침입했지. 이 번호는 준간부급 사람 외에는 아무도 모르거든. 적은 그런 최고기밀 정보를 대체 어디에서 손에 넣은 걸까?"

히로츠의 표정이 잔뜩 굳었다. 생각할 수 있는 것이 있다면, 내부의 조직원을 고문해서 비밀번호를 뱉어 내게 했거나, 이능력을 사용해 정보를 빼냈거나, 마피아 내부에 적과 내통하는 배신자가 있거나, 이다.

어떤 것이 진실이든, 이끌어 낼 수 있는 결론은 그야말로 최악이었다.

"이 일대는 전쟁터가 될 거야." 다자이는 빌딩이 쭉 늘어선 도시를 보며 엷게 웃었다. "저 부근에서 불기둥이 솟아오르겠지. 붉게 타오르는 하늘이 보이는 듯하군."

"적대 조직의 정보는 아직 모르는 것입니까?" 히로츠가 감정을 죽인 목소리로 물었다.

"우리 부하가 어제 포로를 고문해 정보를 뱉어 내게 하려고 했는데, 잘 안 됐어. 순간의 틈을 노려 어금니에 넣어둔 독을 먹고 자해를 했지. 단 하나, 포로에게서 알아낸 정보는 적대 조직의 이름."

다자이는 다음에 할 말이 어떤 의미를 지녔는지 알려 주듯이, 날카롭게 히로츠를 바라보았다. 평범한 사람이 봤다면 며칠간은 악몽에 시달릴 게 틀림없을 만큼, 피와 폭력의 폭풍을 예감하게 하는 눈빛.

"──'미믹'."

✖    ✖    ✖

보스의 부탁을 받고 나는 안고의 발자취를 쫓기 시작했다. 하지만 현재, 나에게는 아무런 단서도 없다. 마피아의 정보원을 뒤쫓는 일은 도망친 집고양이를 찾는 것과는 차원이 다르다(실제로 고양이를 찾아본 적이 있으니 틀림없다). 고양이가 사라졌을 때는 근처의 먹이터에 잠복해 있으면 된다.

하지만 안고의 먹이터는 어디인지 도저히 알 수 있는 방법이 없다.

나는 어쩔 수 없이 가설을 세웠다.

안고가 모습을 감춘 이유는 두 가지로 생각할 수 있다. 스스로 원해서 모습을 감추었든가, 누군가에게 사로잡혀 갔든가. 만약 전자라면 나로서는 어찌할 도리가 없다. 안고는 부모님에게 반항하고 싶어 하는 10대 청소년이 아니다. 마음만 먹으면 추적할 수 없는 자금을 수백만 엔씩 준비할 수 있고, 그 정도 돈이 있다면 지구 반대편에 있는 유목 민족의 캠프까지 도망치는 것도 가능하다. 따라서 이 가설은 제외하고 생각해야 한다.

또 한 가지는 안고가 누군가에게 이끌려 강제로 이동했을 가능성이다. 보스의 추측대로 적대 조직이 안고의 머릿속에 있는 정보를 노렸다는 것이 가장 그럴듯한 이유처럼 보였다.

그렇다면 안고가 남몰래 어떤 단서를 남겨 놓았을 가능성을 기대할 수 있다. 그림 동화에 나오는 비밀의 빵부스러기처럼.

그래서 나는 가장 먼저 안고의 집을 찾아가 보기로 했다.

생각해 보니 나는 안고의 사생활에 대해 거의 아무것도 모른다. 우리들의 거리감이란 항상 그런 정도였다. 다자이도 안고도 자신에 대한 개인적인 이야기는 한 적이 없다.

우리 세 사람은 비를 피해 잠시 폐허가 된 절 처마 밑에 모인 떠돌이 밤도둑 같은 존재다. 서로의 정체도 모른 채 계속 대화만을 이어온 것이다.

단, 안고는 출장이 많기 때문에 호텔을 전전한다고, 잡담을 나누다가 문득 들은 적이 있다. 그의 목숨을 노리는 자들이 많을 테니, 마피아의 입김이 닿은 호텔일 게 틀림없다. 그런 호텔은 지역 내에 몇 개인가가 있는데, 그런 호텔은 항상 총을 든 경비가 두 조 정도 상주하며 지키고 있을 뿐만 아니라, 프라이버시가 존중되고, 일반 손님은 선택된 사람만이 묵을 수 있었다.

그런 호텔 몇 개인가에 전화를 걸어 보았다. 목소리가 딱딱했던 지배인은 내가 조직에 속한 사람이라는 것을 알자마자 부드러운 태도로 질문에 친절히 답해 주었다. 직접 만났을 때에는 무릎 위로 올라와 기대어 앉을 것 같은 기세였다.

세 번째 전화 만에 나는 안고가 살았던 곳을 발견했다.

큰길에서 조금 떨어진 곳에 있는 호텔로, 외벽이 베이지색인 18층짜리 건물이었다. 주변에는 비슷한 건물과 공원이 펼쳐져 있어서, 대낮인데도 불구하고 그 일대는 매우 조용했다. 침묵이라고 바꿔 말해도 좋을 정도였다. 마피아가 활동하는 영역에 딱 어울리는 침묵으로, 안고가 좋아할 만한 장소였다.

나는 지배인에게서 열쇠를 받아 안고가 빌려서 살고 있던 방으로 가 보았다. 지배인의 이야기에 따르면, 안고는 반년 정도 전에 미리 돈을 내고 살기 시작했다고 한다. 하지만 직업상 좀처럼 방에 들어오는 일은 없었고, 며칠에 한 번 훌쩍 나타나 잠을 자고 또 떠나갔다는 모양이다. 지배인은 다른 사람을 방에 들인 적은 한 번도 없었던 듯하다고 말했다.

방은 청결한 원베드룸 스위트였다.

방 안에는 청소가 잘 되어 있어 먼지 하나 없었다. 호텔 객실에는 생활 가구가 거의 없었고, 작은 책장에 각지의 향토 자료와 오래된 소설이 몇 종류 정도 꽂혀 있을 뿐이었다. 천장에는 잘 보지 않으면 눈치채기 힘들 정도로 숨겨진 통기구가 있었고, 환기팬이 거의 소리 없이 회전하는 중이었다. 그 외에는 나무로 만든 검은 둥근 의자가 하나 방의 구석에 가만히 놓여 있는 정도였다.

베드룸에는 작은 책상 하나와 주름 하나 없는 싱글 침대가 놓여 있었고, 머리맡의 독서등 아래에는 백 년 정도 전에 예술적인 수식을 남긴 천재 수학자에 대한 전기가 펼쳐져 있었다.

안고답게 매우 지적이며 청결했고, 사람이 생활했었다는 사실을 잊게 할 만큼 무미건조한 방이었다.

나는 방 중앙에 서서 가만히 주변을 둘러보았다.

무언가가 내 뇌리에 걸려 떠나지 않았다. 아주 사소한 무언가가. 평소라면 전혀 신경 쓰이지 않았을 무언가.

"사카구치 안고, 마피아의 정보원." 나는 소리를 내어 말을 해 보았다. "똑똑하고 미스테리어스한 남자. 아무도 그의 정체를 모른다."

물론 아무도 대답을 해 주는 사람은 없었다. 나는 창문 쪽으로 다가갔다.

창문은 양문으로 유리 네 장이 정교하게 붙어 있었다. 창문 너머에는 요코하마의 마을이 내려다보였다. 바로 아래에는 공원이 있었고, 그 앞에는 고층 빌딩이 쭉 늘어서 있었다. 밤이 되면 호수의 수면에 떠오른 밤하늘 같은 야경이 펼쳐지겠지.

나는 창문에서 등을 돌려 방 안을 둘러보았다. 그리고 그 순간, 내가 느낀 위화감의 정체를 깨달았다.

나는 살인을 못 하는 마피아다. 때문에 얼토당토않은 잡다한 일을 몇 번이고 떠맡아야 했다. 하지만 그런 일을 묵묵히 해 나가는 중에 어떤 직감과도 같은 것이 발휘되기 시작했다. 아주 가늘어서 당장이라도 끊어질 것 같은 위화감이라는 실. 하지만 그것을 끌어당기는 중에 뜻하지 않은 진실에 다다르는 경우도 있다.

방의 구석에 있는 나무로 만든 검고 둥근 의자. 부자연스럽다. 호텔의 비품 같지도 않고, 이 방에는 그것과 세트가 될 만한 책상도 없다.

나는 가까이 다가가 의자를 살폈다. 아무런 특징도 없는 기성 가구다. 들고 뒤집어 보았다. 무언가 중대한 단서가 뒤에 붙어 있다면 좋았겠지만, 딱히 별 다른 점은 없었다.

다시 원래 위치로 돌려놓고 웅그려 앉아 가만히 바라보았다. 눈치챘다. 의자의 앉는 자리가 살짝 긁혀 있었다. 그렇게 오래 사용했던 의자 같지는 않은데. 더욱 가만히 보니, 긁혀 있기도 했지만, 가죽신의 흐린 발자국 같은 것이 보였다.

나는 다시 방 안을 돌아보았다.

──천장의 통기구.

나는 의자를 가지고 통기구 아래쪽까지 가 보았다. 의자에 올라가 보니, 아슬아슬하게 천장에 손이 닿았다. 통기구의 망은 흰 수지로 만들어져 있어 내부의 모습은 잘 보이지 않았다.

나는 힘들게 수지로 만들어진 망을 떼어 냈다. 안의 통기 덕트에는 조용히 돌아가는 환기팬이 있었다. 나는 환기팬 주변을 손으로 더듬어 보았다.

잠시 더듬어 보니, 손끝에 살짝 걸리는 무언가가 있었다. 일단 그것을 끌어당겨 보았다. 뭔가가 끌리는 소리가 난 뒤, 작은 금고가 나타났다.

나는 의자에서 내려와 그 금고를 들고 먼지를 털어 냈다.

양손으로 쉽게 옮길 수 있는 작고 흰 금고다. 잠겨 있어 뚜껑은 열 수 없었다. 하지만 열쇠나 전문 도구가 있으면 열 수 있을 듯했다.

양손으로 들고 가슴 앞쪽에서 험하게 흔들어 보았다. 금속면에서 무언가가 구르는 것처럼 가라락 하는 소리가 들렸다. 그렇게 무거운 것은 아니다.


그때 영상이 보였다.


손 안에 있던 흰 금고가 순식간에 새빨갛게 물들었다.

내 눈앞에 있는 벽과 바닥도 새빨갛게 물들었다. 분출된 무언가가 끈적하게 들러붙은 것이다.

피다. 내 피다.

가슴을 보는 동시에, 또다시 가슴에서 피가 분출되었다.

등으로 들어와 가슴까지 관통.

등 뒤를 돌아보니 창문이 깨져 떨어지는 중이었다.

창문 너머 저 멀리 떨어진 한 빌딩에서 무언가가—— 저격총의 조준 장치 같은 것——이 태양빛을 반사해 반짝였다.

나는 옆구리에 있는 권총을 꺼내려고 했지만 고속으로 날아든 총알에 팔이 튕겨 나가, 피를 흩뿌리면서 그 자리에서 반쯤 회전했다.

목구멍까지 올라온 피의 맛을 느끼면서, 나는 빙글 돌며 쓰러지고 말았다. 시야가 검게 변했다.


그곳에서 영상이 끝났다.


나는 조금 전과 똑같은 모습으로 금고를 들고 서 있었다.

금고는 희다. 창문도 깨지지 않았다.

나는 금고를 껴안고 바닥의 카펫에 몸을 내던졌다.

거의 동시에 유리가 깨지는 파열음이 들렸고, 정면의 벽에 검은 구멍이 하나 뚫렸다. 그리고 바로 두 개로 늘었다.

바닥을 구르듯이 창문에서 떨어졌다. 창문 너머의 고층 빌딩이 보이지 않는 곳까지. 이어서 옆구리의 홀스터에서 총을 꺼내 벽에 등을 대고 섰다.

책상 위에 손거울이 있어서 손을 뻗어 간신히 그것을 붙잡았다. 땀 때문에 하마터면 떨어뜨릴 뻔했지만 간신히 집어든 뒤, 거울의 각도를 조절해 창밖의 모습을 살피려고 했다.

조금 전 영상에서도 보였던 빌딩의 위치를 확인하니, 사람이 움직이는 모습이 거울 너머로 보였다. 어떤 모습인지까지는 알 수 없었다. 그 그림자는 재빨리 물건을 챙기더니 모습을 감췄다.

나는 총을 내렸다. 그때, 자신이 지금까지 숨을 쉬지 않고 있었다는 사실을 깨달았다.

저격수다.

이 방에 대체 뭐가 있다는 걸까. 안고에게 대체 무슨 일이 일어난 것인가. 나는 저격당해 죽었다. 총구에서 불도 번쩍이지 않았고, 총알이 발사된 뒤의 발포음도 들리지 않았다. 그리고 표적을 놓쳤다는 판단이 들자 바로 철퇴하는 판단력. 명백한 프로다.

바로 조금 전, 나는 죽었다. 가슴을 저격당해 죽었다.


나의 이능력이 없었다면.

나는 계단의 난간을 미끄러져 떨어지듯이 밖으로 나갔다.

저격수는 아직 그다지 멀리 도망치지 못했을 게 틀림없다.

정체를 확인할 필요가 있다.

　나는 죄도 없는 호텔 손님들 몇 명을 밀쳐 내면서 건물 밖으로 나갔다. 그리고 저격수가 있었던 빌딩 쪽으로 달리면서 품 안의 휴대전화를 꺼냈다.

　우수한 저격수는 1킬로미터 거리에서도 표적의 심장을 꿰뚫을 수 있다. 하지만 눈으로 봐서는 그다지 멀리 떨어진 곳이 아니었다. 저격수가 있던 곳은 나도 알고 있는 건물이었다. 이 거리라면 지도가 없는 뒷골목까지 속속들이 알고 있다. 적의 도주 경로도 자연스럽게 몇 군데로 경로를 좁힐 수 있었다.

　나는 달리면서 휴대전화의 번호를 눌러 다자이를 불러냈다.

　"다자이인가?"

　〈여어. 오다 사쿠가 전화를 하다니, 웬일이야? 사건이 일어났나 보군! 으으음, 나의 천재적인 두뇌로 그게 뭔지 맞춰 볼까? 즉, 오다 사쿠는 갑자기 엄청나게 재미있는 개그가 생각나 도저히 가만있을 수가 없어 나에게 전화를——.〉

　"저격당했다."

　내가 그렇게 말하자 다자이의 말은 폐에 빨려 들어가듯이 끊겨 버렸다.

　"안고의 방에서다. 지금 저격수를 쫓는 중이야. 고서 거리 맞은편에 있는 빌딩에 저격수가 있었으니, 저격수는 코쿠요지로 빠지든가, 부두의 반입로 쪽으로 빠지든가, 미후네 상점가의 뒤쪽으로 도망칠 수밖에 없어."

〈탈주로를 막으라는 거지?〉

나는 순간 망설였다. 다자이에게 전화를 건 이유는 이렇게 급할 때에 바로 부탁할 수 있는 상대가 그 외에는 없었기 때문이다. 하지만 다자이는 5대 간부이자 보스 다음 가는 마피아의 통솔자로, 보통이라면 비서에게 부탁을 하여 한 달 정도 기다려야만 만날 수 있는 인물이다. 그런 간부에게 전화를 걸어 마음대로 부탁을 하려고 하다니, 대통령에게 개의 산책을 부탁하는 것과 다를 게 없다.

"다자이. 지금 내 손에는 '은색 탁선'이 있다. 만약 괜찮다면——."

〈그만둬. 그런 건 없어도 되니까. 위기잖아?〉 다자이가 밝은 목소리로 말했다. 〈바로 부하들에게 길을 막도록 지시할게. 나도 바로 갈 거고. 오다 사쿠, 너무 가까이 접근하지는 마.〉

나는 감사의 말을 한 뒤 전화를 끊었다.

그리고 양다리가 조금이라도 빨리 움직이도록 의식을 모두 그곳에 집중시켰다.

저격수란 어떤 자인가?

저격수는 어마어마하게 신중하고 참을성이 강하다. 그들은 신이나 부처보다도 계획을 숭배한다. 적을 정하고, 저격할 수 있는 최적의 장소를 결정하면, 그들은 계속 기다린다. 표적이 조준 장치 너머에 나타날 때까지 며칠이나 자세를 바꾸지 않은 채 기다린다. 휴대 식량으로 허기를 달래고, 먹을 것이 떨어지면 아무것도 먹지 않고 기다린다.

저격수가 그곳에 있었다는 말은, 그곳에 저격을 해야 할 인물이 올 것이라고 확신을 했다는 이야기이다.

가장 자연스럽게 생각한다면, 안고의 방을 감시하고 있던 저격수가 노린 사람은 바로 안고이다. 그렇게 생각하는 게 보통이다. 저격수는 아무것도 모르고 돌아온 안고를 저격할 계획이었을지도 모른다.

하지만 그래선 부자연스러운 점이 남는다. 왜 저격수는 계획을 변경해 나를 노렸는가.

내가 안고의 방을 찾아가기로 결정한 때는 불과 몇 시간 전이고, 즉흥적인 판단에 지나지 않았다.

그리고 저격수가 방아쇠를 당긴 때는 내가 흰 금고를 발견한 직후였다. 만약 처음부터 쏠 생각이었다면 내가 방에 들어온 순간을 노렸을 게 틀림없다.

어쩌면 특정한 저격 대상이 없었던 걸지도 모른다. 그 방에 들어온 사람은 그게 누구든 쏠 생각이었든가, 또는 이 흰 금고를 발견한 사람은 그게 누구든 쏠 생각이었을지도 모른다.

한 가지 확실한 것이 있다면, 아무래도 안고는 지금 아주 성가신 일에 휘말려 있을 가능성이 높다는 것 정도였다.

나는 둥근 안경을 낀 안고의 초연하고 시원스러운 모습을 떠올리면서 달렸다.

아무리 숨을 쉬어도 온몸에 산소가 제대로 공급되지 않아 시야가 희게 변해갈 무렵, 저격수의 예상 도주 경로 중 하나에 도착했다. 좁고 어두운 뒷골목이다. 그곳에는 도시의 까

마귀가 먹다 남긴 음식이 이곳저곳에 흩어져 있었다.

이곳에 오기까지 남의 집의 마당을 두 개 지났고, 사유지의 차고를 네 개 뛰어넘었다. 적이 이 토지에 익숙하지 않다면 등 정도는 충분히 보일 법도 했다.

그렇게 생각한 순간, 건물 틈에서 칼을 든 사람이 나에게 덤벼들었다.

소를 잡을 때 쓰는 듯한 칼이 옆에서 번쩍거렸다. 나는 얼굴을 옆으로 기울여 첫 번째 공격을 피했다. 칼날의 끝이 귀의 끝을 스쳐 차갑고 날카로운 감촉이 느껴졌다.

나는 얽히듯이 몸을 부딪혀 오는 상대의 몸을 발바닥으로 힘껏 밀어 버렸다. 나는 그 반동으로 쓰레기투성이인 뒷골목에 내던져 졌지만, 상대를 떼어 내는 데는 성공했다.

나는 습격자를 바라보았다.

상대는 회색 누더기를 걸친 국적 불명의 남자였다. 얼핏 보면 떠돌이처럼도 보일 만큼 지저분했지만, 얼굴의 검은 자국에는 손가락으로 바른 듯한 흔적이 있었다. 일부러 얼굴에다 바른 거겠지. 상대는 작게 몸을 상하로 움직이면서 왼손의 칼을 거꾸로 잡았다. 그리고 양쪽 팔꿈치를 위로 올렸는데, 오른손으로 얼굴을 감싸는 듯한 동작을 취한 이유는 적의 접근 공격으로부터 최소한의 동작으로 급소를 지키면서도 재빨리 반격을 하기 위한 것이었다. 상대의 온몸에서 훈련된 투견과도 같은 살기가 분출되었다.

그 외모를 통해 몇 가지인가를 알 수 있었다. 상대는 내가 마피아라는 것을 알고 있지만, 그 사실 때문에 위축되거나 틈을 보일 만한 인물이 아니었다. 아마 거울 너머로 살짝 본 저격수와 같은 인물이겠지. 그리고 그는 의심의 여지없이 이곳에서 나를 죽일 작정이었다.

남자는 발을 내디디면서 칼을 쥔 왼손을 앞으로 내밀었다. 그걸 정면으로 맞았다간 얼굴이 갈라질 테고, 도망치거나 뿌리치려고 하면 칼에 살이 찢길 게 틀림없었다. 나는 등 뒤의 벽에 체중을 실어 부딪친 뒤, 그 반동을 이용해 다른 방향으로 튀어 남자와의 거리를 벌렸다. 그리고 회전을 하면서 홀스터에서 총을 꺼냈고, 거의 그와 동시에 방아쇠를 당겼다.

총알은 남자의 발끝 바로 앞, 방금 내디디려고 했던 곳에 맞았다. 남자가 움직임을 멈췄다.

내가 총을 빼는 동작을 시작한 뒤 땅에 총알이 박힐 때까지 0.1초도 지나지 않았다. 상대가 전투에 능한 사람이라면, 내가 엉터리로 마구 쏜 것이 아니라 정확하게 그 위치를 노렸다는 것을 깨달았을 터다.

나는 권총을 들어 올렸다. 그리고 상대의 눈과 눈 사이를 조준했다. 언제든 그곳을 꿰뚫을 수 있다고 가르쳐 주기 위해서.

그 사실을 이해할 수 있을 시간은 충분했을 텐데, 남자는 나를 향해 발을 내디뎠다.

나이프가 대각선으로 떨어져 내려왔다.

나는 뒤로 뛰어 나이프를 피했다. 그리고 위협을 하기 위해 총을 한 발 더 공중을 향해 쐈다. 좁은 뒷골목에 총소리가 울려 퍼졌다. 상대는 그 소리를 산들바람 정도로 생각한 모양인 듯하다. 공포심은 그의 머릿속 구석의 작은 상자에 담겨 봉인이 되어 있었다.

상대의 팔이 나를 향해 뻗어 왔다. 하지만 나를 붙들 수 있을 정도는 못 되었다. 나는 흠칫 하며 왼쪽 옆구리에 끼우고 있었던 흰 금고를 재빨리 뒤로 뺐다. 적의 손이 허공을 붙잡았다. 남자는 재빨리 자세를 바로 잡더니, 나이프로 견제하면서 다시 거리를 벌렸다.

상대의 목적은 이 금고다.

이것을 손에 넣기 위해 도망간 척을 하면서 이곳에서 기다리고 있었던 것이다.

그렇다면 나는 이것을 가지고 부리나케 도망가는 편이 좋을지도 모른다. 적이 누구이고, 이 금고에 어떤 가치가 있는지 나는 가설조차도 하나 세우지 못했다. 게다가 적은 나이프를 능숙하게 다루는 사람으로, 총소리에도 안색 하나 변하지 않는다. 그에 더해 나는———.

적이 나를 향해 나이프를 내뻗었다. 나는 상대가 겁을 먹길 기대하며 벽을 향해 총을 한 발 쏘았다. 하지만 상대는 총구가 어디를 노리는지 미리 읽고 있었는지, 전혀 겁을 먹지 않은 채 나를 향해 전진해 왔다.

등 뒤에서 또 다른 기척이 느껴졌다. 나는 쓰러지듯이 앞을 향해 몸을 내던졌다.

총구의 불꽃이 뒷골목을 밝혔다. 금속을 때리는 듯한 총소리가 나더니 귓가로 총알이 스쳐 지나갔다. 내가 쏜 총이 아니었다.

몸이 얼어붙었다. 제대로 시선을 돌릴 수 없었지만 바로 눈치챘다.

등 뒤에도 적이 한 명 더 있다.

저격을 할 때에는 보통 총으로 상대를 조준하는 저격수 외에 관측수라고 불리는 보조자가 같이 있을 때가 많다. 관측수는 저격수와 항상 짝을 지어 행동하며, 저격할 곳을 수정하라고 지시하거나 저격할 타이밍을 지시한다. 때로는 정찰이나 접근하는 적의 제거를 담당하기도 한다.

저격수가 반격을 하기 시작했을 때 예상을 해 두었어야 하는데 깜빡했다. 적은 2인조다.

두 번째 적이 총을 쏘았다. 저격총이 아니라 구식 권총이다. 나는 근처에 있던 쓰레기 봉지를 내던져 즉석 연막을 만든 뒤, 벽을 향해 총을 마구 쏘았다. 총알을 튀게 해 탄막을 만들려고 한 것이다.

효과를 확인하기도 전에 나이프를 든 남자가 접근해 왔다.

나이프와 권총이 맞부딪쳐 불꽃이 튀었다. 방아쇠 울 쪽의 금속이 나이프에 깎여 비명을 질렀다.

나는 상대의 복사뼈 근처에 다리후리기를 날렸다. 그러자 상대는 균형을 잃고 땅에 한 손을 짚었다.

거의 반사적으로 금고를 집어 던져 버리고, 다른 한 손으로 권총을 빼냈다. 나는 양손잡이로, 좌우에 두 정의 권총을 가지고 다닌다. 무의식에 가까운 동작으로 총을 상대의 눈앞에 갖다 댔다. 바로 코앞. 이 거리라면 빗나갈 리가 없다.

지금 쏘면 상대는 무언가 의미를 생각할 새도 없이 즉사해 버리겠지. 통증을 느낄 틈도 없어진다. 그의 뇌와 의식은 뒷골목의 벽에 들러붙게 되고, 이 남자의 인생은 마술처럼 순식간에 사라진다.

하지만 나는 쏘지 않았다. 단지 굴러서 거리를 벌린 다음, 권총 두 정과 적 두 사람을 시야에 담은 채 자리에서 일어섰다.

"오다 사쿠! 머리 숙여!"

그때 다자이의 목소리가 들렸다.

목소리가 들리기 전부터 나는 그것이 올 것이라는 사실을 알고 있었다. 그래서 나는 앞으로 몸을 숙여 땅에 바짝 엎드렸다. 그 직후, 좁은 뒷골목에 섬광과 폭발음이 잇달아 터져나왔다.

이능력을 통해 그것을 예상하고 있었던 나는 지면에 쓰러진 채 귀를 막고 섬광이 지나가기를 기다렸다. 하지만 갑작스러운 섬광 수류탄으로 앞이 보이지 않게 된 적은 다음 공격을 피할 수가 없었다.

하늘이 쏟아지는 듯한 굉음이 뒷골목을 뒤흔들었다.

섬광. 파열음. 금속이 찢어지는 듯한 큰 소리에 지면과 벽이 부서지고 깨지는 파쇄음. 수평 방향으로 쉴 새 없이 쏟아지는 9밀리미터 총알이 수없이 머리 위를 빠져나갔다.

뒷골목의 입구에서 검은 옷을 입은 사람 넷이 쏟아져 들어왔다. 모두 기관단총을 허리에 꽂은 채 바로 내 옆을 지나갔다. 포트 마피아다.

차폐물도 없는 좁은 뒷골목에서 기관단총을 마구 쏘면, 아무리 역전의 강자라도 피할 길이 없다. 폭풍처럼 쏟아지는 총알을 맞은 누더기 남자 둘의 짧은 비명이 들려왔다.

돌아보니 누더기 남자들이 내뿜는 피가 보였다. 피는 짙은 안개처럼 남자들을 감싸더니, 양쪽 벽에 축축한 소리를 내며 흩어졌다.

"오다 사쿠, 자네한테는 정말 질렸어. 마음만 먹으면 이 녀석들을 단숨에 죽일 수 있으면서 말이야."

가벼운 발걸음으로 다자이가 나타났다. 당장이라도 휘파람을 불 것 같은 표정이다. 다자이의 입장에서는 기관단총의 울림으로 가득 찬 이 뒷골목도 휴일의 청결한 쇼핑몰이나 마찬가지이다.

다자이가 손을 내밀어 나는 그 손을 잡고 자리에서 일어섰다. 그리고 뒷골목을 둘러보았다.

"죽인 건가?" 나는 쓰러져 있는 두 자객을 보면서 말했다.

"응. 생포해서 정보를 캐내려 해도 소용이 없거든. 어금니에 숨겨둔 독약을 너무 좋아하는 녀석들이라 말이야."

나는 대답을 하지 않았다. 배 속에 묵직한 바위 같은 응어리가 생겼다. 다자이는 웃으면서 말했다.

"알아. 그런 의미로 한 말이 아니지? 그런데, 오다 사쿠.

상대는 전투의 프로야. 아무리 자네라도 죽이지 않다니 그건 불가능해."

"그 말대로다."

나는 고개를 끄덕였다. 다자이는 항상 옳다. 그리고 나는 항상 잘못된 일만 한다.

"기분이 나쁜가 보네. ······나는 자네의 신념을 꺾어 버려서 미안하다고 말하고 있는 거야." 서서히 웃음을 그치면서 다자이가 말했다. 다자이가 누군가에게 '미안하다'라고 말하는 일은 거의 없다. 그만큼 더욱 다자이의 말에서는 진실된 울림이 느껴졌다.

"아니, 정말 덕분에 살았어. 자네가 도와주러 안 왔다면 난 죽었겠지."

"오다 사쿠노스케. 무슨 일이 있어도 절대 사람을 죽이지 않는 신념을 지닌 기묘한 마피아." 다자이가 못 말리겠다는 듯이 고개를 저었다. "그 어처구니없는 신념 탓에 자네는 조직 내에서 심부름꾼 취급을 받고 있어, 오다 사쿠. 자네 정도 실력이라면——."

나는 아무 말 없이 고개를 저었다.

"그런 불평이라면 자기혐오를 하면서 몇 만 번이나 들었어. 그보다 습격자들이 우선이다." 나는 쓰러져 있는 사람들을 눈으로 가리키며 말했다.

"안고의 방에서 저격당했다고?"

나는 짧게 호텔에서 있었던 일에 대해 말해 주었다. 다자이는 아무 말 없이 내 이야기를 들었다.

"그렇군. 아마 그 저격총은 우리 무기고에서 훔친 거겠지." 내 얘기를 다 들은 뒤 다자이가 그렇게 말했다. "저 녀석의 허리를 봐 봐. 구식 권총을 가지고 있지?"

그래서 지면에 쓰러진 습격자 두 사람을 살펴보았다. 누더기 때문에 보이지는 않았지만, 둘 다 구식 권총을 허리에 차고 있었다. 총구가 좁은 회색 권총.

"이 녀석은 꽤 오래된 유럽의 권총이거든. 연사가 힘들고 정확도가 떨어져서 이 좁은 골목에서 쏘기엔 적합하지 않지." 다자이는 시체에서 권총을 빼내 흥미롭다는 듯이 바라보았다. "아마도 이 총은 이 사람들에게 있어 자신들이 누구인가를 나타내는 표식 같은 걸 거야."

아무래도 다자이는 습격자들에 대해 나보다도 많은 것을 알고 있는 듯했다.

"이 남자들은 누구지?" 나는 다자이에게 물었다.

"'미믹'."

"미믹?"

처음 듣는 이름이다.

"아직 자세하게는 모르지만 아무래도 유럽의 범죄 조직인 모양이야. 지금 알고 있는 것이라고는 무슨 이유에선지 그들이 지금 일본에 와 있다는 것과 포트 마피아와 충돌을 일으키고 있다는 것 정도지."

포트 마피아와 대립하는 범죄 조직 자체는 드물지 않다.

요코하마 근처에도 마피아와 세력 다툼을 하는 범죄 조직이 있다. 정부의 감시가 닿지 않는 요코하마의 치외 법권 지역에는 무수히 많은 무법자들이 거주하며 서로의 세력권을 뺏고 빼앗는다. 조세회피처에는 전 세계의 세탁을 기다리는 검은돈이 유입되고, 기업 범죄와 용병 비즈니스가 판을 친다. 그러니 해외에서 이익을 좇아 왔다고 해도 신기할 것은 없다.

하지만 관측수까지 딸린 직업 저격수를 보유한 범죄 조직이 전 세계에 얼마나 될까?

다자이는 나의 외문스런 표정을 보고 마음속을 읽은 모양이었다.

"일단, 자세한 사항은 조사 중이야." 다자이는 어깨를 으쓱 들어 올리며 말했다. "하지만 안고의 방에 저격총을 들이댄 사실로부터 무언가 알아낼 수 있을지도 몰라."

"이 금고를 되찾기 위해서다." 나는 흰 금고를 들어 올리며 말했다. "안고의 방에 있던 물건인데, 열쇠가 없어 못 열었다. 안을 확인하면 무슨 단서가──."

"뭐야, 그런 거였어?" 다자이가 김이 빠졌다는 듯이 웃었다. "그거라면 간단해. 잠깐 줘 봐."

다자이에게 금고를 건네주었다. 다자이는 금고를 흔들어 소리를 확인한 뒤, 발밑에 굴러다니고 있는 쓰레기에서 사무용 철사핀을 찾더니 주워들었다. 그리고 핀의 끝을 손끝으로 살짝 구부린 다음, 금고의 열쇠 구멍에 꽂아 넣었다.

다자이가 핀을 흔든 지 1초도 지나지 않아 금고 안의 톱니바퀴가 맞물리는 소리가 들렸다.

"자, 열렸어."

정말 손재주가 좋은 녀석이다.

"자, 안을 볼까?"

다자이가 금고의 뚜껑을 열고 안을 들여다보았다. 내 위치에서도 그것이 보였다.

————————————————————.

이건 뭘 의미하는 거지?

이 금고는 안고의 방에서 발견되었다. 가구의 일부였던 둥근 의자도 그렇고, 환기구 안에 숨겨 놓은 것도 그렇고, 안고는 이 금고를 알고 있었다고 할 수 있다. 평범하게 생각한다면 이 금고 안의 물건은 안고의 소지품이겠지.

나는 마음속 어딘가로 이 금고 안의 물건은 귀중한 무언가라고 상상했었다. 안고가 그것을 손에 넣은 탓에, 회색 누더기 남자들이 그것을 빼앗기 위해 나를 습격했다고.

하지만 아닌 모양이었다.

금고 안에는 회색의 구식 권총이 들어 있었기 때문이다.

"왜지?" 내 입에서 그런 말이 튀어나왔다. "다자이, 너는 조금 전에 이 총을 '표식'이라고 했지? 녀석들이 누구인지를 나타내는 표식. 그렇다면 이건 대체 어떻게 된 거지?"

다자이는 바로 대답하지 않고 그저 가만히 눈을 가늘게 뜨며 허공을 노려보았다.

"이것만으로는 뭐라고 말할 수가 없어." 다자이는 신중하게 말했다. "안고가 이 총을 녀석들에게서 빼앗았을지도 모르는 거니까. 아니면 녀석들이 안고의 집에 이것을 숨기고, 누군가를 함정에 빠뜨리기 위한 위장 공작으로 사용했을지도 모르지. 어쩌면 이건 총이 아니라 어떤 기회를 의미하는지도 몰라. 그것도 아니라면——."

"알았다. 네 말대로야." 나는 다자이의 말을 끊으며 그렇게 말했다. "아직은 정보가 모자라. 권총에 대해서는 조금 더 조사해 보지. 고생을 시켰군."

"오다 사쿠."

다자이는 무언가 말을 하려고 했지만, 나는 그 말을 중간에 끊었다.

"도와줘서 고마워. 하지만 이 사건은 내가 조금 더 조사해야 해. 무슨 정보가 들어오면 또 연락하지."

다자이는 아무 말 없이 나를 바라보았다. 그 시선에는 무언가 불만이 서려 있었다.

나는 시선을 회피했다. 이 사건에 너무 깊이 발을 들이면 언젠가 새카맣고 무거운 액체에 머리까지 잠겨 익사해 버릴 듯한, 그런 기분 나쁜 예감이 들었다.

"그렇다면 한 가지, 내가 눈치챈 것에 관해 알려 줄게." 다자이는 굳은 표정으로 말했다. "어제—— 술집에서 같이 한

잔 했을 때, 안고는 일 때문에 거래를 한 뒤 집으로 돌아가는 길이라고 했었지?"

"그랬었지."

분명히 안고는 도쿄 출장으로 밀수품인 중세 시대의 시계를 사들인 뒤 돌아가는 길이라고 말했다.

"아마 그건 거짓말이야."

——뭐?

"안고의 가방을 봤지? 위에서부터 담배, 접이식 우산, 전리품인 중세 시대의 골동품 시계가 든 꾸러미가 들어가 있었어. 접이식 우산은 이미 사용해 젖어 있었기 때문에 천으로 감싸 놓았고. 그리고 출장을 갔던 도쿄는 비가 내렸지."

"뭐가 이상하다는 거지?" 내가 물었다. "비가 내려서 우산이 젖은 거잖아. 아주 자연스러운 이야기처럼 보이는데."

"안고가 진실을 말했다면 그 우산을 사용할 수 있었을 리가 없어." 다자이는 눈을 가늘게 뜨고 말했다. 그 표정에서는 감정 비슷한 것도 찾아볼 수 없었다. "안고는 자신의 차를 운전해서 거래 장소로 갔을 텐데, 그럼 그 우산을 언제 사용했다는 거지? 일단은 거래하기 전은 아니야. 우산은 꾸러미 위에 놓여 있었으니까. 그리고 거래를 한 뒤도 아니야."

"왜 그렇게 말할 수 있지?"

"그 우산의 젖은 상태를 보면 2, 3분간 우산을 사용한 것으로는 보이지 않아. 30분 정도는 계속 비에 젖은 우산이지. 그런데 우산이 그렇게 젖은 것치고는 안고의 신발이나 바지

자락은 젖어 있지 않았어. 거래가 8시고, 우리가 만난 시간이 11시. 거래를 한 지 세 시간밖에 안 지났기 때문에 마르기에는 시간이 부족하지."

"갈아입을 옷을 가져왔을지도 모르잖나."

"가방 안에 갈아입을 바지나 갈아 신을 신발도 없었고, 들어갈 만큼 가방이 넉넉하지도 않았어."

또는 다시 집으로 돌아가 갈아입은 옷과 갈아 신은 신발을 두고 왔을지도── 그렇게 말하려고 하다가 말았다. 집으로 돌아갔다면, 중요한 거래 물건도 두고 술집에 왔어야 한다.

"우산은 거래 전에는 사용하지 않았어. 거래 후에도 사용하지 않았지. 그리고── 거래를 하는 중에도 사용하지 않았을 거야. 거래 물품의 꾸러미는 젖어 있지 않았으니까. 게다가 중세 시대의 골동품 시계라면 물기는 치명적이야. 즉, 거래는 비를 맞지 않는 실내에서 했겠지."

다자이의 말을 듣고 생각해 보았다. 확실히 그 말대로다. 안고의 말만 들어서는 그 우산이 그렇게 젖었어야 할 이유가 없었다.

"그럼 진실은."

"내 예상으로는 그 골동품 시계는 거래 물품이 아니야. 처음부터 안고의 물건이었지. 그게 가방 안에 있었던 이유는 출장을 갈 때부터 가방에 있었기 때문이야. 그리고 거래 장소에는 가지 않고 빗속에서 누군가와 만나 30분 정도 대화를 나눈 다음, 남은 시간을 때우고 술집에 온 거지."

"왜 누군가와 만났을 거라 생각하지?"

"안고 같은 정보원은 가끔씩 비가 내리는 길거리를 밀회 장소로 선택하는 경우가 있으니까. 우산을 쓰고 대화하면 얼굴을 가릴 수 있어. 다른 사람에게 들키거나 감시 카메라에 찍히지도 않아. 엿듣는 사람이나 도청기가 있어도 빗소리에 소리가 묻히지. 차 안이나 실내보다 몰래 대화를 나누기에 안성맞춤이야."

다자이가 무슨 말을 하려는 것인지, 지금 실제로 무슨 의도가 있는지 나는 이미 거의 이해해서 알고 있었다. 하지만 무언가 밝은 전망을 이끌어 내기 위해 반사적으로 질문을 할 수밖에 없었다.

"확실히 안고는 거짓말을 했을지도 몰라. 하지만 안고는 마피아의 비밀 정보를 다루는 정보원이잖아. 누구에게나 밝힐 수 없는 비밀 만남 한둘은 있는 법이지. 그걸 뭐라고 할 수는."

"그렇다면 한마디만 하면 되잖아. '말할 수 없다'고. 그러면 나도 오다 사쿠도 더 이상 내용을 캐묻지는 않았을 테니까. 그렇지 않아?"

"⋯⋯⋯⋯."

그래, 그 말대로다.

"그런데 안고는 거래가 있었다고 거짓말을 했어. 일부러 알리바이용 골동품 시계까지 가져오면서까지. 그렇게까지 해서 우리에게 밀회를 숨기고 싶어 했던 이유는 뭐지?"

──지금처럼 될 걸 예상했기 때문이 아닐까?

다자이의 차가운 눈동자는 그런 말을 하고 있었다.

──거래는 몇 시에 끝났지?

술집에서 안고의 꾸러미를 봤을 때, 다자이가 문득 그렇게 물었던 모습이 떠올랐다. 지금 생각해 보면, 다자이는 그걸 슬쩍 보았을 뿐인데 지금의 추리까지 도달했던 것이다. 그리고 확인을 하고 질문을 했다.

──안고. 미믹. 습격.

정체를 알 수 없는 무언가가 벌어지기 시작했다.

"오다 사쿠, 조심해. 이번 사태는 자네의 컵 가장자리에서 물이 아슬아슬하게 흘러 떨어지기 직전까지 와 있으니까." 다자이가 말했다. "무언가 하나라도 새로운 사태가 벌어져 컵에서 물이 쏟아져 내리기 시작하면, 자네 혼자서는 감당할 수 없어질 거야. 이곳의 뒤처리는 우리가 해 둘 테니, 안고를 부탁해."

"그래."

다자이와 나는 시선을 교환한 뒤, 뒷골목의 뒤쪽 길을 향해 걸어가려고 했다.

그것을 눈치챈 것은 그때였다.

습격차가 자리에서 일어선 것이다.

"다자이!"

나의 그런 외침과 거의 동시에 습격자가 권총을 겨누었다.

"움직이지 마라……." 습격자가 탁한 목소리로 말했다.

내가, 또는 다자이의 부하들이 습격자를 쏘기에는 습격자

가 너무 다자이 가까이에 있었다. 그리고 총구는 다자이를
향해 있었다.

습격자는 오른손으로 권총을 겨눈 상태였다. 왼손은 움직
일 수 없는지, 몸 옆에 축 늘어져 있었다. 그리고 스스로의
힘으로는 설 수 없어 벽에 반쯤 몸을 기대고 있었다. 그럼에
도 다자이는 권총의 사정거리 내였다. 때문에 이쪽은 함부로
움직일 수 없었다.

"이런, 이런." 다자이는 신기한 물건을 본다는 듯이 권총을
보라보았다. "그렇게 총을 많이 맞고도 일어설 수 있다니,
경이적인 정신력이야."

습격자 두 사람 중 한 명은 완전히 숨이 끊어져 쓰러져 있
었다. 하지만 또 한 사람은 마지막 힘을 쥐어 짜내 다자이를
저승길에 데려 가길 선택한 듯했다.

"다자이, 가만히 있어라. 내가 어떻게든 할 테니까."

나는 아주 천천히 권총을 향해 손을 뻗었다.

순간의 틈이 있으면 회색 습격자는 다자이를 쏘겠지. 완벽
하게 권총이 다자이를 향해 있었기 때문에, 설사 내가 저 사
람의 심장을 단숨에 꿰뚫는다고 해도 그 충격으로 구식 권총
의 방아쇠가 당겨질 위험이 있었다. 모든 것은 타이밍에 달
린 상황이었다. 그곳에 판돈을 걸고 싶지는 않았다. 하지만
그 외에 걸 수 있는 곳이 없었다.

"자네들의 조직명은 '미믹'이야. 그렇지?" 다자이는 습격
자를 향해 말했다.

습격자는 아무 대답도 하지 않았다. 그리고 표정도 하나 바꾸지 않았다.

"대답을 기대한 건 아니야. 실제로 나는 자네들을 경외하고 있거든. 이렇게까지 정면으로 마피아에게 대항해 오는 조직은 없었어. 내 바로 눈앞에 이렇게까지 살의를 지닌 총구를 겨누는 데 성공한 사람도 없었고."

다자이는 습격자 쪽을 향해 걷기 시작했다. 마치 자신의 집 정원을 산책하듯이.

"다자이, 그만둬." 나는 잔뜩 억누른 목소리로 말했다.

"내 눈 안의 감격이 자네에게도 보이기를 바라." 다자이는 총을 겨눈 습격자에게 말을 계속했다. "자네가 손가락을 살짝만 굽혀도 내가 가장 원하던 것이 찾아오지. 나의 유일한 걱정은 자네가 쏜 총알이 목표를 빗나가는 거야."

다자이는 미소를 지으면서 습격자에게 가까이 다가갔다. 총구와의 거리는 이미 3미터도 채 되지 않았다.

"자네가 노려야 할 곳은 심장이나 머리. 되도록 머리를 추천하는 바야. 기회는 단 한 발. 두 발째를 허용할 정도로 내 동료들은 어설프지 않거든." 다자이는 자신의 이마, 미간의 바로 위를 손가락으로 톡톡 두드렸다. "하지만 자네라면 할 수 있어. 자네는 저격수잖아? 뺨 쪽에 저격총을 겨눴던 흔적이 있군. 그러니 관측수는 아니야."

분명히 습격자의 왼쪽 뺨에는 저격총을 오랫동안 조준하며 바라보고 있었을 때 생긴 자국이 대각선으로 나 있었다. 쌍

안경을 사용하는 관측수에게는 저런 자국이 생기지 않는다.

습격자는 떨리는 손가락으로 총을 겨누고 있었다. 다자이가 말한 대로 쏠 수 있는 총알은 단 한 발이다. 다자이를 확실히 죽일 수 있다는 확신이 없다면 쏠 수 없다.

그리고 다자이는 습격자를 환영하듯이 계속 다가갔다.

"자, 쏘게. 이곳이야. 이 거리라면 아무런 걱정을 할 게 없어." 다자이는 얼굴 가득 미소를 지었다. "쏘든 안 쏘든 자네는 살해당할 거야. 그렇다면 마지막으로 적의 간부를 죽여 보는 게 어떤가."

"다자이!" 내가 외쳤다. 다자이와의 거리가 1만 킬로미터는 떨어진 듯한 착각에 빠져 들었다.

"부탁하네. 나를 같이 데리고 저승길로 가 주게. 이 산화하는 세계의 꿈에서 나를 깨워 달란 말이야. 자, 어서. 어서 쏘래도."

다자이는 자신의 이마를 가리킨 채, 편안한 미소를 지으며 계속 습격자를 향해 다가갔다.

습격자가 입술을 깨물었다. 동시에 손가락에 힘이 들어갔다.

——한계다!

나와 습격자가 거의 동시에 총을 쏘았다.

두 개의 섬광이 뒷골목을 환히 밝혔다.

총알에 팔을 관통당한 습격자가 충격으로 빙글빙글 돌았다.

그리고 바로 코앞에서 이마에 총을 맞은 다자이가 크게 뒤로 몸을 젖혔다.

번개가 번쩍인 것 같은 짧은 순간.

영겁 같은 찰나.

그리고 또다시 시간이 움직이기 시작했다.

회전하는 습격자를 향해 다자이의 부하들이 일제히 총격을 가했다. 습격자는 폭포를 맞는 누더기처럼 날아가 등 뒤에 살과 피를 흩뿌리면서 목숨을 잃었다.

몸이 뒤로 젖혀진 다자이는 두세 걸음 뒤로 물러서더니 그대로 움직임을 멈췄다.

"⋯⋯⋯⋯⋯⋯⋯⋯⋯⋯⋯아쉬워." 다자이는 몸을 뒤로 젖힌 채 말했다. "또 못 죽었어."

다자이는 고개를 들었다. 측두부, 오른쪽 귀 윗부분의 피부가 살짝 벗겨져 피가 흘렀다.

총알은 살짝 빗나갔다.

나는 다자이를 보았다. 그곳에는 보이지 않는 무언가가 있었다. 정신의 복마전이라고 불러야 할 무언가가, 결코 눈으로 볼 수 없고, 그저 모든 것을 파멸시키지 않으면 안 될 무언가가.

"미안해. 깜짝 놀라게 해서." 내 시선을 눈치챈 다자이는 측두부의 상처를 손가락으로 확인하면서 웃었다. "박진감 넘치는 연기였지? 저 녀석이 제대로 못 쏠 거라는 건 알고 있었어. 처음부터 말이야. 저격총 자국은 왼쪽 뺨이잖아? 저격총을 왼쪽으로 겨눴다는 소리지. 즉, 저 사람은 왼손잡이. 하지만 권총은 오른손으로 쥐고 있었어. 자신이 주로 사용하는 쪽이 아닌 팔로, 제대로 서지도 못 하는 상태에서, 그것도 구식 권총으로 쏴야 하는데 딱 한 발밖에 기회가 없으니, 총구를 몸에 갖다 대지 않는 한 제대로 맞출 수 있을 리가 없지."

나는 대답하지 않았다. 그저 가만히 웃으며 설명하는 다자이를 바라보았다.

"나머진 대화를 하며 시간을 벌어 녀석의 팔이 지치기를 기다렸던 거야. 천천히 다가가면 녀석은 바로 쏘지 않을 테니까. 나머진 오다 사쿠가 어떻게든 해 주겠지. 그렇게 생각했어. 합리적이지 않아?"

"그렇군."

나는 그냥 그렇게만 대답했다. 더 이상 할 말이 없었다.

만약 내가 지금처럼 말단 조직원이 아니어서, 다자이와 지금과는 다른 관계를 쌓아 왔다면 한 대 때려 줘도 이상하지 않을 장면이다. 하지만 나는 나이기에, 다자이에게 해 줄 수 있는 일이 아무것도 없었다.

나는 총을 홀스터에 다시 꽂은 다음 다자이에게서 등을 돌려 걷기 시작했다.

한 발 내디딜 때마다 지면이 무너지고 끝없는 구멍이 열려 계속 추락해 가는 듯한 기분이 들었다.

그리고 내 눈 뒤쪽에는 다자이가 이마에 손가락을 댄 채 총

구에 다가갈 때의, 울음을 터뜨리기 직전의 아이 같은 표정
이 강렬하게 남았다.

# 2장

 그리고 비가 내린 뒤 비가 그쳤다.

 다자이는 미믹에 관한 정보를 수집하기 위해 이리저리 분주하게 돌아다녔고, 나는 단서를 찾기 위해 거리를 이리저리 헤맸다. 시시각각으로 양손에서 소중한 것이 넘쳐 흘러내리는 것 같았지만, 잃어 가는 것이 무엇인지는 볼 수 없었다. 중요한 것일수록 눈에는 보이지 않는다. 특히 잃어 가고 있을 때는.

 생각하는 시간이 길어졌다.

 안고는 왜 실종되었는가. 안고와 미믹이 어떤 형태로든 연관이 있다는 사실은 이제 아무런 의심의 여지가 없었다. 하지만 대체 어떻게 연관이 되어 있는지는 아직 몰랐다. 안고가 왜 가짜 출장을 갔는지도 감이 잡히지 않았다. 밝고 깨끗한 무덤을 혼자서 방황하는 창백한 좀비처럼 나는 존재하지 않는 희망을 찾아 요코하마의 거리를 계속 이리저리 헤맸다.

 단 하나, 유력한 가설이 있었지만 아직 아무에게도 말하지 않았다. 내키지 않았기 때문이다. 다자이도 같은 추측을 하고 있겠지만, 아마 아무에게도 말하지 않았을 게 틀림없다.

미믹의 출현과 거의 동시에 실종. 알리바이를 위장하기 위한 거짓 출장. 금고 안의 권총. 그것을 되찾기 위해 안달이었던 미믹의 저격수.

사카구치 안고는 미믹의 스파이이다.

그렇게 생각하면 모든 톱니바퀴가 맞물린다.

미믹이 마피아의 내부를 살피기 위해 안고를 매수한 것이다.

나는 고개를 저었다. 그럴 리가 없다. 만약 그렇다면 안고는 다자이나 보스를 속이는 엄청난 실력의 스파이인 셈이 된다. 정부 첩보원도 두 손 두 발을 모두 다 들 실력이다. 미믹은 마피아라는 조직에 무엇을 기대했기에, 그렇게 뛰어난 실력을 지닌 스파이를 보냈단 말인가.

"오다 사쿠, 표정이 굉장히 어두운데, 변비인가?"

양식점의 점주가 말을 걸었다.

"생각을 하는 중이야. 변비는 아니고. 만약 내가 지금 변비라면 카레처럼 자극적인 음식은 피했겠지."

나는 어느 양식점에서 카레라이스를 먹고 있었다.

"그런가? 그야 그렇겠지…… 이봐, 오다 사쿠. 카레를 먹는데 이런 얘기를 꺼내는데 화나지 않나?"

"그런가?" 나는 대답했다. "화를 내야 하는 건가?"

"아니…… 꼭 그런 건 아니지만."

"이 인간이~." 나는 진지한 얼굴로 말했다.

"오다 사쿠, 억지로 그럴 필요는 없어."

양식점의 점주와는 오랜 친구 사이다. 50이 가까운 장년으로 서서 아래를 내려다 봐도 자신의 발끝이 보이지 않을 거라는 생각이 들 만큼 배가 툭 튀어 나와 있다. 머리카락도 조금 옅어졌다. 눈가에는 웃음 주름이 깊었다. 또 태어날 때부터 저런 차림이 아니었을까 할 만큼 앞치마가 매우 잘 어울렸다.

나는 이곳의 카레를 일주일에 세 번은 먹는다. 습관이 나를 카레를 먹도록 이끄는 것이다. 습관은 참으로 기묘해서, 며칠 동안 카레를 먹지 않으면 이상하게 입이 마르고, 정신을 제대로 집중하지 못하게 된다. 암흑사회의 잘못된 행동 때문에 약물 중독이 된 녀석들은 빗자루로 쓸어버릴 정도로 많이 봐 왔지만, 어쩌면 그들은 매번 이런 기분을 맛봤던 것일지도 모른다.

"카레 맛은 어떻지?"

"평소대로다."

이 가게의 카레라이스는 아주 간단하다. 형태가 무너질 정도로 삶은 야채와 마늘로 볶은 소고기 힘줄. 싱거운 밑간. 그것들을 절묘하게 조합해 매운 향신료와 함께 끓여 많은 쌀밥 위에 끼얹은 다음 비빈다. 그리고 달걀과 소스를 섞어 먹는다.

배가 불러 작고 개인적인 행복이 발밑에 둥둥 떠다니는 느낌에 휩싸인 채, 나는 커피를 마셨다. 그러고 나서 물었다.

"아이들은 요즘 어때?"

"여전하지 뭐." 점주는 그릇을 행주로 닦으며 대답했다. "어린 깡패야. 다섯 명이니까 그나마 괜찮은 거지, 다섯 명이 더 있었다간 국제 협력 은행도 습격할 수 있을 것 같아. 다들 2층에 있으니 얼굴 좀 비쳤다 가."

나는 그 말에 따르기로 했다. 양식집의 위층은 낡은 회의실을 개축한 주거 공간이다. 철근이 그대로 드러난 콘크리트 벽이나 얼룩이 져 있는 벽지에 둘러싸인 계단을 오르자, 아이들이 있는 거실과 서고로 연결되는 문 두 개가 보였다. 나는 거실 쪽 문을 열고 안으로 들어갔다.

"여어, 다들 잘 있었어?" 나는 아이들에게 말을 걸었다.

아이들은 각자 자신이 지닌 시간을 소비하는 데 온 정신을 집중하고 있었다. 그림책을 보는 아이, 도화지에 그림을 그리는 아이, 주먹 크기의 무른 공을 벽에 던지는 아이, 두꺼운 매듭실로 실뜨기를 하는 아이. 제일 어린 아이는 네 살짜리 여자아이였고, 가장 나이 많은 아이는 아홉 살짜리 남자아이였다. 아무도 고개를 들 생각을 하지 않았다.

"아저씨 말 잘 듣고 있지? 아저씨는 옛날에 엄청난 실력의 군인이었으니 마음만 먹으면 투정 부리는 너희들 다섯 명을 순식간에——."

농담을 하는 도중에 눈치챘다. 아이들은 다섯인데 눈앞에는 넷밖에 없다. 오른쪽의 2층 침대 위에서 무언가가 움직이는 기척이 났다.

나는 바로 허리를 숙여 자세를 낮췄다.

침대 위의 어둠 속에서 그림자가 빠르게 뛰쳐나왔다. 다섯 명째의 남자아이였다. 나는 고개를 숙이며 달려드는 그 그림자를 피했다.

하지만 그 습격은 함정이었다. 그림을 그리고 있던 여자아이가 균형을 잃은 내 오른쪽 다리에 달려들었다. 처음부터 이럴 속셈이었던 것이다. 나는 한쪽 다리의 자유를 잃은 채, 뒤이어 오게 될 진짜 공격에 대비해 발을 내디뎠다. 하지만 내디딜 수 없었다. 조금 전까지 실뜨기에 사용되던 두꺼운 매듭실이 내가 나아가려는 방향에 설치되어 있었기 때문이다. 함정. 팽팽하게 뻗어 있던 매듭실에 발목이 걸려 내 몸은 착지 지점을 잃고 허무하게 공중을 헤맸다.

나는 오른손으로 2층 침대를 붙잡아 넘어지지 않으려고 했다. 하지만 그 움직임도 아이들이 예측한 대로였던 듯하다. 침대의 난간에는 미리 크레용이 칠해져 있었다. 그 탓에 난간을 붙잡은 내 오른손은 그대로 쭉 미끄러지고 말았다.

나는 바닥에 양손을 짚었다. 그 반동으로 일어서려고 했지만, 그 사이 몇 초간은 아무리 노력해도 등이 무방비하게 작은 깡패들에게 드러나고 만다. 그 틈을 아이들이 놓칠 리가 없었다.

일곱 살 남자아이와 여덟 살 남자아이가 등 뒤에서 달려오는 기척이 났다. 그 공격을 당하면 이제는 사형대로 걸어가는 죄인이나 마찬가지다. 나에게는 그런 광경이 보였다.

진짜 마피아가 얼마나 무서운지 가르쳐 줄 필요가 있었다.

나는 근처에 굴러다니던 물렁한 공을 재빨리 손으로 쳐냈다. 물렁한 공은 벽에 부딪쳐 튕겨 나오더니, 나한테 달려들던 일곱 살 남자아이의 얼굴을 강타했다. 목표를 잃은 남자아이는 자신을 방어하기 위해 땅에 착지했다.

나는 발목을 억지로 흔들어 매듭실 함정을 떼어 내고, 왼쪽 다리에 체중을 실었다. 오른쪽 다리에 매달렸던 아이는 오른쪽 다리를 높이 드니, 기쁜 비명을 지르며 바닥에 떨어졌다. 그때에는 남은 여덟 살짜리 소년이 내 등으로 덤벼들었지만, 그 아이 혼자 나를 제압하기에는 너무 짐이 무겁다. 나는 등에 올라 탄 남자아이를 매단 채 자리에서 일어섰다.

맨 처음, 침대에 숨어 있었던 민첩한 소년—— 그 아이가 이 깡패들을 이끄는 두목이다——은 부하들의 처참한 패배를 보았으면서도 과감하게 나를 향해 달려들었다. 스스로 이끌었던 작전인 이상, 아무리 패배가 확실해도 물러설 수 없었던 것이다.

나는 낮은 자세로 돌진해 오는 남자아이를 정면으로 상대해 주었다. 양쪽 다리를 노려 균형을 무너뜨리려는 공격은 훌륭했지만, 체중 차이가 너무 심했다. 나는 소년의 양쪽 겨드랑이를 붙잡고 들어 올린 뒤, 거꾸로 잡고 흔들었다. 남자아이는 숙취가 심한 산양 같은 목소리로 소리쳤다.

"항복이냐?" 내가 물었다.

"항복 안 해!" 남자아이가 외쳤다.

남은 아이들은 이미 전의를 잃고 두목이 몇 분이나 지휘관으로서 긍지를 지킬 수 있을 것인가를 지켜보기 시작했다.

"그럼 마피아 특유의 고문을 보여 주마." 나는 소년의 양쪽 겨드랑이를 붙잡고 있는 힘껏 간지럼을 태웠다.

"푸햐햐햐햐햐햐! 기다려, 으햐햐햐햐햐햐햐!"

남자아이가 항복 조약에 동의할 때까지, 2분 42초가 걸렸다.

✕　　✕　　✕

그리고 잠시 동안 아이들과 대화를 나누었다. 아이들은 양식점에서 사는 것에는 대부분 합격점을 주었지만, 식사의 메뉴가 3일마다 로테이션으로 돌아가는 것은 매우 불만스러운 듯, 빨리 개선을 해 주든가, 빨리 주방에 들어갈 수 있게 허가해 달라고 요청했다.

"아저씨는 다정하지만." 가장 나이 많은 남자아이가 말했다. "뭐라고 해야 하나, 우리를 너무 꼬맹이처럼 대해. 우리는 모두 이미 어른인데. 어른 녀석들은 우리가 빨리 제대로 된 어른이 되면 무슨 안 좋은 일이라도 있는 거야?"

아마 있겠지. 나는 그렇게 대답했다.

"다음엔 반드시 제압해 주겠어." 그렇게 말하는 아이들에게 나는 기대하고 있겠다고 대답했다. 그건 진심이었다. 그리고 나는 다시 1층으로 내려갔다.

1층 점포로 돌아와 보니, 새로운 손님의 목소리가 들렸다. 낯익은 목소리였다.

"매워! 아저씨, 왜 이렇게 매워. 너무 매워! 비장의 양념으로 용암이라도 넣은 거야?!"

"하하하, 그런가? 오다 사쿠는 항상 그걸 먹지. 어서 와,

오다 사쿠. 아이들은 어땠어?"

"아슬아슬했지만 이번에도 간신히 지지 않았어." 하고 나는 대답했다. "하지만 내가 찾을 곳을 예상해 크레용을 발라 미끄러지게 해 놓은 걸 봤을 땐 간담이 서늘했지. 아저씨는 열 명이 있으면 은행도 털 수 있을 거라고 했는데, 이제 2년 정도만 더 있으면 다섯 명으로도 충분할 거야."

"그 아이들을 스카우트해야 하나." 다자이가 땀을 닦으며 웃었다. "들었어, 오다 사쿠. 아이들을 부양해 주고 있다면서? 그것도 용두 항쟁(龍頭抗爭) 때 부모님을 잃은 고아들을."

아무리 숨겨도 다자이라면 한나절이면 모두 조사해서 알아내겠지. "그래." 나는 고개를 끄덕였다.

아이들은 고아들이었다. 내가 살려주지 않았다면 모두 죽었을 고아들이다.

2년 전에 일어난 포트 마피아를 포함한 복수의 조직이 뒤얽힌 암흑사회의 대규모 싸움을 용두 항쟁이라고 부른다. 한 이능력자가 죽어 공중에 떠버린 검은돈 5천억 엔을 둘러싸고, 간토(關東) 일대의 암흑사회가 펼친 유혈과 살육의 축제. 그 결과 대부분의 불법 무장 조직이 괴멸적인 타격을 입었다.

그 전쟁에는 나도 참가했다. 거리를 걸으면 10분에 한 번씩 습격을 받을 만큼 피비린내 나는 항쟁 속에서 사망자의 수는 어마어마하게 늘기만 했다.

2층에 있는 아이들은 그 용두 항쟁 때 갈 곳을 잃은 아이들이다.

"결코 살인을 저지르지 않고, 엄청난 실력을 지니고 있음에도 출세에 흥미가 없으며, 고아 다섯을 돌보는 마피아, 오다 사쿠노스케." 다자이가 웃었다. "참 별나단 말이야. 마피아 중에서 가장 별나."

다자이가 있는 한 첫 번째는 아니겠지.

나는 점주에게 코트의 주머니에서 지폐 뭉치가 들어간 봉투를 꺼냈다. "아저씨, 한동안 아이들을 먹이고 재울 생활비야."

"오다 사쿠, 정말 괜찮겠어?" 점주가 염려스럽다는 목소리로 말을 하면서 앞치마에 손을 닦고 봉투를 받아 들었다. "번 돈을 거의 이쪽에 돌리는 듯한데, ……웬만하면 우리도 어느 정도 지원을."

"아저씨는 장소를 빌려 주고 있어서 그것만으로도 감사하고 있어. 게다가 나는 이 가게의 카레를 계속 먹을 수 있다는 것만으로도 충분해."

"오다 사쿠는 정말로 이렇게 매운 걸 항상 먹어?" 다자이가 물을 마시면서 말했다. "너무 매워서 턱이 빠질 것 같아."

"그런데 다자이, 여기에는 왜 왔지?" 나는 물었다.

"오다 사쿠에게 그 사건에 대해 보고할 게 있어서. 그 뒤로 이것저것 알게 된 게 많아. 특히 적에 관해서."

그 사건…… 짚이는 사건은 하나밖에 없다.

"아저씨, 잠깐 자리 좀 피해 줄 수 없을까."

"그래, 피해 줘야지. 난 뒤에서 요리 준비를 하고 있을 테니, 손님이 오면 좀 불러 줘."

내 표정을 통해 모든 것을 눈치챈 점주는 앞치마를 벗더니 서둘러 뒷문을 열고 나가 버렸다.

다자이는 컵의 물을 끝없이 마시면서도 카레를 대부분 다 먹었다. 나는 그 사이에 멋대로 주방에 들어가 커피를 내린 뒤, 컵에 따라 마셨다.

"아, 너무 매웠어. 카레라이스는 왜 이렇게 매운 거지? 인류에게 원한이라도 있는 건가? 더 맵지 않은 카레를 만들면 더 많은 사람이 먹게 될 텐데. 식문화의 태만이야."

나는 조금 생각한 뒤에 대답했다. "더 이상 먹는 사람이 늘면 다른 요리를 아무도 안 먹어서 식문화가 붕괴되겠지."

"그렇군." 다자이는 이해가 되었다는 듯이 고개를 끄덕였다.

"그래서, 보고라는 게 뭐지?"

"결론부터 말하자면, 그 자들은 해외의 범죄 조직이었어." 컵에 물을 더 따르면서 다자이가 말을 꺼냈다. "하지만 영국의 오래된 이능력 기관 '시계탑의 종기사'에게 찍혀 유럽에서 허둥지둥 도망쳐 나왔지."

"유럽의 범죄 조직?"

유럽은 이능력자들의 본고장이다. 정부도 범죄자도 초일류 이능력자가 많이 모여 있어, 매우 치밀하고 복잡한 세력 체계가 자리 잡고 있다. 하지만 그만큼 이능력자에 대한 감시 체제도 삼엄해 쉽게 다른 나라로 이동할 수 없을 텐데.

나는 그렇게 물어보았다. 그러자 다자이는 목을 갸웃하며 대답했다.

"확실히 이능력 범죄 조직이 쉽게 밀입국할 수 있을 정도로 세상은 만만하지 않아. 무언가 내막이 있겠지. 국내에 협력자가 있을지도 몰라."

"그런데, 그런 이능력 범죄자가 일부러 일본에까지 와서 대체 뭘 하려는 거지?"

"글쎄. 그것만큼은 본인들에게 직접 물어볼 수밖에. 물론 추측은 되지. 몸뚱이 하나 건사해서 도망쳤는데 도착한 곳은 의지할 사람이 아무도 없는 외국 땅. 직접적으로 말하자면, 일단은 돈이 필요할 테지. 그러니 그 자들은 포트 마피아의 세력권과 밀수 루트를 가로채 이쪽에서 기반을 잡을 생각이 아닐까?"

있을 법한 이야기였다. 경제력이 부족한 범죄 조직이 원하는 것은 항상 똑같다. 돈, 돈, 돈.

하지만 한 가지, 마음에 걸리는 점이 있었다. 나는 그것을 말하기 위해 입을 열려고 했다.

"일단은 마지막까지 좀 들어봐." 하지만 내 생각을 먼저 읽었다는 듯이 다자이가 나를 제지했다. "오다 사쿠가 무슨 말을 하려는지는 알아. 평범한 퇴물 범죄자가 모인 것치고는 사람들이 굉장히 잘 훈련되어 있다는 점이 마음에 걸리는 거지? 나도 똑같은 생각을 했어. 저격수와 관측수가 2인 1조가 된 작전 수행. 이 근처에서는 좀처럼 볼 수 없는 훌륭한 솜씨였지. 그 사람들은 군인 출신이었어. 정보에 의하면 조직의 두목은 강력한 이능력자이자 군인으로 경험 많은 부하들을 자신의 뛰어난 실력으로 통솔하고 있는 모양이야. 곧 자세한 사항도 알 수 있겠지. 아무튼 녀석들을 얕보고 덤비지 않는 게 좋아. 그만큼 통제된 전술 행동으로 조직적으로 공격해 오니, 아무리 포트 마피아라도 조직이 기울 수 있어."

"보스는 이번 사건에 대해 알고 있나?"

"보고했지." 다자이는 어쩔 수 없다는 듯이 대답했다. "그랬더니 미믹 대항 전략 입안과 전선 지휘를 하라고 하시더군. 바로 몇 가지 조처를 취해서, 함정을 설치해 뒀지. 간단한 쥐덫이야. 조만간 상황의 변화가 생기지 않을까?"

무기를 훔치고 저격까지 한 미믹이 수고했다고 모자를 흔들며 그냥 돌아갈 리가 없다. 다자이의 말대로 다음 행동에 나설 게 분명하다. 더욱 큰 규모의 행동을.

"근본적인 점을 묻고 싶은데." 나는 말했다. "애초에 미믹 같은 이능력 범죄 조직은 정부 기관이 단속을 해야 하는 거 아닌가?"

세상에는 이능력을 지닌 사람들이 꽤 많다. 나나 다자이도 그런 사람들 중 한 명이다. 이능력의 종류는 각자 모두 다르지만, 이능력 중 일부는 살상 능력이 매우 높다.

그래서 정부는 비밀리에 위험한 이능력자를 감시하기 위한 전문 기관을 설치했고, 밤낮으로 이능력자의 관리를 위해 눈을 번뜩였다. 그들도 역시 정부 소속의 이능력자들이며, 그 실력은 정평이 나 있다.

"내무성의 '이능력 특무과' 말이지?" 다자이는 고개를 갸웃했다. "그런데 말이야. 이능력 특무과는 비밀 조직으로 좀처럼 정체를 드러내는 법이 없어. 게다가 우리 포트 마피아도 완벽한 이능력 범죄 집단이잖아? 마피아와 미믹, 나쁜 조직끼리 서로 치고받고 싸워 세력이 약해지는 건 그들도 바라는 바이겠지. 그러니 싸우려면 마음대로 싸우라고, 그냥 내버려 두는 게 아닐까."

확실히 다자이의 말대로다. 애초에 이능력 특무과가 이능력 범죄를 완벽하게 소멸시키기 위해 노력을 하고자 한다면, 먼저 포트 마피아부터 제거해야 한다.

언젠가 안고에게 들은 적이 있다. 이능력 특무과는 매우 강력한 이능력자가 모인 정부 기관이지만 소수 정예로 운영하고 있기 때문에, 포트 마피아 같은 거대 조직과 정면충돌하면 아무런 피해 없이 승리하기는 어렵다는 모양이다. 즉, 특무과 쪽에도 틀림없이 피해가 발생한다. 그게 싫어서 포트마피아의 활동을 감시만 하고 직접적인 대결은 피하고 있는 듯했다. 물론 민간인에게 큰 피해가 발생하면 어쩔 수 없이 제대로 일을 해야 하겠지만.

묻기 어려운 질문이 하나 더 남아 있었다.

"안고에 대해서는?"

다자이는 바로 대답하지 않고 아무 말 없이 방금 내린 커피를 한 모금 마셨다. 다자이로서도 그만큼의 준비 시간이 필요할 정도의 질문이었던 것이다.

"무기 창고의 비밀번호 정보가 안고를 통해 흘러갔다는 건

거의 확정적이야." 다자이는 커피가 담긴 컵을 내려다보면서 낮은 목소리로 말했다. 그러고는 표정을 살피듯 나를 힐끔하고 쳐다봤다.

나는 아무 말도 하지 않았다.

"조직 내에서 분쟁이 일어나는 것을 막기 위해 각각 서로 다른 비밀번호를 할당해 주었거든. 그런데——."

"미믹이 창고를 습격할 때 사용했던 번호가 안고의 번호와 일치했다, 그건가?"

나는 팔짱을 끼었다. 비어 있던 퍼즐이 하나씩 맞춰져 갔다. 그런데 그 퍼즐은 될 수 있으면 못 본 척하고 싶어 했던 것이었다.

"이봐, 다자이." 나는 다자이 옆자리에 걸터앉았다. 아주 잠깐, 일전에 술집에서 나란히 앉았을 때와 아무것도 변한 게 없는 듯한 착각에 빠져 들었다. 안고와 함께 셋이서 술을 걸쳤던 그때와. "누군가가 안고를 속이기 위해 뒤에서 상황을 조종하고 있을 가능성은 없는 건가?"

"제로는 아니지. 그 가능성은 언제나 존재해." 다자이는 그렇게 대답했지만 목소리는 스스로가 스스로의 말을 믿지 않을 때의 그것과 일치했다. "마피아에 소속된 자가 미믹과 결탁을 했다면, 그럴 가능성도 있어. 하지만 나는 그런 짓을 해서 이득을 볼 만한 사람이 전혀 있을 것 같지 않아."

다자이가 고개를 가로저었다. 나도 같은 의견이었다.

이제 우리에게 남겨진 일은, 한 시라도 빨리 안고를 찾아

추궁하는 것뿐이었다. 그게 좋은 결과로 이어질지, 나쁜 결과로 이어질지 전혀 예측할 수 없는 채로.

마피아의 정보원, 사카구치 안고.

왜 안고는 조직을 배반했는가.

과거 큰 전쟁에서의 첩보전 때는 적이 배반을 망설이는 이유가 돈·이성·가족·자존심·귀속 의식 중 하나였기 때문에, 그 모든 것을 공략하면 상대를 반드시 배신하도록 만들 수 있다고 했었다. 그렇다면 안고가 미믹 편에 선 이유는 무엇일까.

나는 그 대답을 듣고 싶어 옆자리에 앉은 다자이를 바라보았다.

다자이는 고개를 숙인 채 무언가 깊이 생각을 하는 중이었다. 그 표정은――.

다자이는――.

"――우후후."

웃었다.

"처음에는 기껏해야 범죄 조직이라고 생각했었는데―― 안고가 붙을 정도의 조직이니, 가볍게 못살게 굴었다고 해서 울며 사과할 녀석들은 아니겠지. 게다가 적에게 있어서 안고는 쉬운 상대가 아니었을 거야. 정말로 쉬운 상대가 아니지. 기대가 되는걸? 분명 나를 마구 몰아붙일 거야. 그리고――."

"다자이."

내가 이름을 부르자 다자이는 말을 중간에 멈췄다. 나도 무슨 할 말이 더 있었던 것은 아니다. 그냥 이름을 불렀을 뿐이다.

다자이의 속마음은 아무도 모른다.

마피아에서는 그 누구도 동료의 내면을 들여다보려고 하지 않는다. 그런 불문율이 있기 때문이다. 가슴의 뚜껑을 벌컥 열어서 심장을 엿본 다음, 그 안에 가득한 어두운 마음을 유심히 품평을 하거나 하지 않는다. 그것은 마피아라는 조직의 긍정적인 점이다.

하지만 어쩌면 그건 잘못된 일일지도 모른다. 적어도 내 옆에 앉아 있는 남자에게는. 누군가는 다자이를 억지로 묶은 다음, 가슴의 뚜껑을 강제로 열어 청소기의 흡입구를 쑤셔 넣어야 하는 게 아닐까. 큰 소리로 아우성치는 다자이를 후려 갈겨 입을 다물게 한 뒤, 그 내면의 비뚤어진 모든 것을 남김없이 밖으로 꺼내 모두 짓밟아 줘야 하는지도 모른다.

하지만 그런 청소기는 없고, 그런 가슴의 뚜껑도 없을뿐더러, 그런 일을 해 줄 사람도 없다. 모든 것은 눈에 보이는 형태로만 존재하며, 모든 것은 그냥 지나가 버릴 뿐이다.

그리고 사람에게 허용된 일은 다른 사람과 자신 사이를 가르는 깊은 도랑 앞에 서서 그저 침묵을 지키는 것뿐이다.

"그럼 나는 슬슬 가 볼게." 그렇게 말한 뒤 다자이가 자리에서 일어섰다.

"다자이."

나는 다자이의 등을 향해 말을 걸었다. 다자이가 뒤를 돌아보았다.

나는 양손의 손가락을 서로 맞대고 비볐다. 텅 빈 접시와 커피 컵을 내려다보았다가 다시 고개를 들었다. 그리고 말했다.

"네가 그런 식으로 생각하는 이유가 혹시──."

거기까지 말했을 때, 갑자기 다자이의 휴대전화가 울렸다.

다자이는 가볍게 양해를 구한 뒤 전화에 귀를 대고 "나야." 하고 말했다.

잠시 전화에 귀를 기울이던 다자이가 갑자기 씨익 웃었다. 알았다는 대답을 한 뒤, 전화를 끊고 다자이가 나를 향해 말했다.

"쥐가 덫에 걸렸어."

요코하마의 조계지에는 밤도 낮도 없다.

과거의 주둔군 거주구였던 이곳은 해외 영사의 영향이 강하게 남아 있는 공동 조계지가 되었다. 명목상 일본의 군경과 영사관 경찰이 공동으로 치안 유지를 하고 있는 조계지이지만, 실제로는 법의 구분이 매우 애매해서 무수히 많은 회색 지대가 생겼다. 이곳에는 법망의 틈을 노리고 각국에서 수많은 군벌, 재벌, 범죄자들이 나방처럼 모여들었다.

요코하마 조계지는 군경조차도 쉽게 손을 대지 못할 정도로 실질적인 치외 법권 지역인 '마계 도시'이자, 요코하마가 이능력 범죄의 거대 거점으로서 악명을 떨치게 만드는 원인이었다.

그 마계 도시의 한 구석에, 포트 마피아가 경영하는 지하 카지노가 있었다.

결코 화려하고 호화로운 카지노는 아니다. 굳이 따지자면 그곳은 수수하고, 애매하고, 음지에 몰래 숨어 있는 카지노 였다. 적어도 외견상으로는. 하지만 꼭 그래야만 하는 이유 가 이었다. 바로 그곳에서 행해지는 도박은 모두 불법이었기 때문이다.

카지노는 조선소의 지하에 있었고, 몇 명이나 되는 마피아 가 망을 보았다. 그곳을 찾는 손님은 일류 재벌, 정치가, 군 장교 등이었다. 그곳에서는 더블 코트를 입은 도어맨이 손님 을 안내했다. 지하 카지노에는 샹들리에의 빛에 비친 다마스 크 패턴의 벽, 쪽매붙임세공으로 만들어진 바닥, 털이 긴 카 펫 등으로 꾸며져 있었고, 그 위에 룰렛대와 블랙잭 테이블 과 금주법 시대의 재즈가 흐르는 주크박스가 과묵한 보초병 처럼 늘어서 있었다. 사람들은 음료를 한 손에 들고 가볍게 돈을 낭비하면서 비밀 대화에 열중했고, 구석에 마련된 바에 는 초로의 바텐더가 묵묵히 칵테일을 만들었다.

이변은 갑작스럽게 일어났다.

뒷문에서 회색 천을 두른 병사들이 소리도 없이 나타나 기 관단총을 난사했다. 부서진 벽과 샹들리에의 파편이 이리저 리 튀며 손님들 머리 위로 쏟아졌다.

손님들은 벼락을 직접 맞은 초식동물 무리처럼 대혼란에 빠져들었다. 서로를 짓밟을 정도의 엄청난 기세로 이리저리 도망치느라 바빴다. 그게 처음부터 병사들이 노리는 점이었다.

혼란스러운 가운데에서도 카지노의 딜러들은 재빨리 숨겨진 장소에서 기관단총을 꺼냈다. 하지만 그 무기를 사용하기도 전에 병사들이 쏜 총에 가슴을 관통당해 쓰러졌다.

총 다섯 명의 병사들은 아무런 망설임 없이 카지노를 가로질러 안쪽의 지배인실을 향해 뛰어 들어갔다. 그리고 지배인을 재빨리 사살하고 바닥의 카펫을 벗겨 냈다.

바닥에는 전자식 대형 금고가 묻혀 있었다. 병사 한 명이 메모를 꺼내 그곳에 적힌 번호대로 전자키를 입력했다. 금고 안쪽의 톱니바퀴가 움직이는 묵직한 소리가 나더니 금고의 문이 열렸다.

병사가 금고 안을 확인했다.

그런데 금고는 텅 비어 있었다.

병사가 당혹스러운 표정을 지었다.

거의 동시에 전자 경고음이 건물 전체에 울려 퍼졌다. 문의 방음 셔터가 육중한 소리를 내며 아래로 내려왔다. 상황을 파악한 병사가 입구의 셔터를 총으로 쏘았지만, 총격전을 예상하고 만들어진 육중한 셔터를 부술 수는 없었다.

몇 초 후, 천장의 스프링클러가 작동해 실내에 액체가 살포되었다. 액체는 병사에게도 딜러에게도 미처 도망치지 못한 손님들에게도 똑같이 흩뿌려졌다.

흩뿌려진 것은 물이 아니었다. 그것은 흰 액체로, 옷이나 바닥에 닿자마자 기화하여 공중을 떠돌았다. 그 기체를 흡입한 손님과 종업원들이 격렬하게 기침을 하기 시작했다. 병사들은 바로 숨을 참았지만 뒤늦은 조처였다.

한 사람, 또 한 사람. 실내의 사람들이 쓰러져 갔다. 도움이 될 만한 행동을 한 사람은 거의 없었다. 목을 감싸 쥐고 몸을 둥글게 말고, 사람들은 계속 기절했다. 흩뿌려진 것은 호흡기 계통에 영향을 미쳐 기절을 하게 만드는 가스였기 때문에 죽지는 않았다.

병사들 중에 가장 현 상황을 정확하게 이해한 한 사람이 총으로 자신의 머리를 쏘았다. 피와 뇌척수액이 튀어 벽에 인생 최후의 그림을 그렸다. 하지만 남은 병사 넷은 순간적으로 그토록 냉정한 판단을 내릴 수 없었다. 그들은 손님들과 마찬가지로 쓰러졌다. 한 가지, 손님과 병사들은 다른 점이 있었다.

병사들은 더 이상 편히 죽을 수 있는 사치를 누릴 수 없다는 것이었다.

✖　　✖　　✖

나는 만의 연안에 있는 작은 회계 사무실을 찾았다.

그곳은 옛날에 안고가 능력을 인정받기 전에 일하던 곳이었다. 정보원으로서 기밀 정보를 다루기 전의 안고가. 누구에게나 그런 시절이 있는 법이다.

나는 사무실을 방문한 목적을 밝혔다. 수위도 관리인도 생글생글 웃으며 나를 안으로 안내해 주었다. 마피아라고 해서 내장 모두가 철과 총과 폭약으로 이루어져 있는 것은 아니다. 이런 사람들 같은 인재도 필요하다.

그곳은 마피아가 불법으로 손에 넣은 돈을 세탁하기 위한 회계 시설이었다. 3년 전, 마피아에게 스카우트당한 지 얼마간 안고는 그곳에서 조수로 일했다.

내가 들어간 곳은 창문이 없는 숨겨진 방이었다. 벽 뒤에 숨겨진 그 방은 어둑어둑했고, 벽 한가득 마피아가 숨겨둔 자금, 자금 세탁 장부, 그 외의 기록이 보관되어 있는 책장이 늘어서 있었다. 그 외에는 아무것도 없었다. 그저 천장에 달려 있는 덮개 없는 전구만이 희미하게 흔들릴 뿐이었다.

관리인은 나를 그 서고에 안내해 준 뒤, 쉰 목소리로 말했다.

"그럼 나는 일을 하고 있겠네."

일이라는 말을 듣고 힐끔 확인을 해 보니, 옆방에 있는 그의 책상에는 장기책과 작은 분재가 가득 들어차 있을 뿐이었다.

"감사합니다." 나는 관리인에게 말했다. "아무래도 본부에서는 항쟁이 일어날 듯한 불길한 기운이 피어오르기 시작했습니다. 일단 조심해 주십시오."

"이곳에는 낡은 서류와 현금으로 바꿀 수 없는 증권 뭉치밖에 없어. 습격을 해 봐야 적도 헛고생을 할 뿐이지."

관리인은 그렇게 말하며 웃었다. 관리인은 오랫동안 마피아의 회계를 관리해 온 금고 경비다. 항쟁의 불똥이 어디로

튈지 대충 감을 잡고 있는 것이겠지.

"좋은 직장이군요." 나는 방을 둘러보면서 자리를 떠나는 관리인의 등을 향해 말을 걸었다. "이곳으로 배치해 달라고 부탁해 볼까요?"

관리인은 얼굴에 주름을 만들며 웃었다. "그렇게 말하는 젊은이들은 대체로 3일을 못 버티고 뛰쳐나가지. 너무 지루하거든."

관리인에게 인사를 한 뒤 나는 다시 서가를 향해 돌아섰다.

이곳에는 안고에 관한 기록이 있다. 원래 회계사는 꼼꼼하기로는 둘째가라면 서러운 사람들이지만, 마피아의 이중장부를 관리하는 사람은 업무상 일어난 일들을 더욱 치밀하게 기록해야 했다. 무슨 일이 일어나 살해를 당하더라도 업무를 막힘없이 다음 사람에게 인수인계하기 위해서이다.

나는 당시 책임 회계사의 업무 일지를 꺼냈다. 그 회계사는 같은 직업을 지닌 사람들 중에서도 특히 꼼꼼한 성격이었던 듯, 한 달 동안 기록한 업무 일지의 분량이 거의 장편 소설급 두께를 자랑했다. 암흑사회의 일대 서정시라고나 할까.

나는 숨겨진 방의 중앙에 마련된 책상 앞에 앉아 서류를 열어 보았다.

기록에 의하면 안고는 일찍이 정보를 매매하는 해커의 일단이었던 듯하다.

안고는 과거에 자신감이 넘치는 사람으로, 깡패들과 짜고 기업의 돈을 훔치는 계획을 세웠다. 관계자를 가장해 은행의 대여 금고를 연 다음, 주권을 모두 훔쳐 내 돈으로 바꾸려고 한 것이다. 그 시도는 멋지게 성공해 안고와 동료들은 상당히 많은 돈을 벌었다. 하지만 그것은 끈적하게 피가 묻은 돈이었다.

그 대여 금고와 주권은 마피아의 입김이 닿는 기업의 소유였다. 안고와 동료들은 마피아의 품에서 지갑을 훔친 것이나 다름없었다. 당연히 안고와 동료들은 마피아가 보낸 사냥개들에게 쫓기는 처지가 됐다. 짖지도 않고, 소리도 내지 않고, 계속 총을 들고 장소가 어디든, 밤이든 낮이든 계속 쫓아오는 검은 사냥개들.

정신적으로 내몰린 깡패 동료들은 밀고 여부를 두고 서로를 의심하며 서로를 공격한 끝에, 일찍이 그 도망극에서 퇴장해 버렸다. 하지만 안고는 계속 도망쳤다. 마피아의 추적 부대가 어떻게 움직일지 미리 읽어 내고 상대의 뒤를 캐내면서, 안고는 요코하마 내에서 계속 도망치는 데 성공했다. 그러기를 6개월.

요코하마를 속속들이 알고 있는 마피아의 추적 부대를 6개월이나 계속 따돌리다니, 정부의 첩보원을 뺨칠 정도로 엄청난 실력이다. 아마도 마피아의 정보망을 역으로 확인해 이용했을 뿐 아니라, 때로는 잘못된 정보를 흘려 상대를 혼란시켰던 것이겠지.

하지만 그 운명도 언젠가는 끝을 맞이한다. 아무도 밤을 틈타 영원히 도망칠 수는 없는 법이다. 빈민가의 지하수로에서

잡힌 안고는 죽음을 각오했을 게 틀림없다. 하지만 안고는 보스 앞으로 끌려갔다. 보스는 뛰어난 정보 조작 능력을 지닌 안고를 쓰레기처럼 처분할 생각이 없었다. 그리고 안고의 두 번째 인생이 시작되었다.

──어둠의 세계에서 출세하는 남자의 극적인 첫 걸음. 적어도 서류에서는 미믹의 그림자가 전혀 보이지 않았다.

그렇다면 안고와 미믹의 접촉은 이때보다 더 나중의 일인가.

계속 서류를 보다가 한 가지 마음에 걸리는 기록을 발견했다.

지금으로부터 2년 전, 안고가 마피아에 들어온 지 1년이 넘었을 때, 조직의 신뢰를 얻은 안고는 유럽으로 출장을 떠났다. 목적은 현지의 도난차 브로커와 비즈니스 관계를 맺기 위해서. 하지만 그 뒤로 2개월간 안고는 연락을 끊었다. 이유는 불명. 2개월 뒤에 돌아온 안고는 전과 별 다를 바 없는 모습이었다. 그리고 연락을 끊은 이유는 현지 조직과의 일이 틀어지는 바람에 범죄자로서 쫓기게 되었기 때문이라고 설명했다. 조사를 해 보니, 실제로 유럽에서 도난차 밀수 조직의 일제 검거가 이루어졌었다고 한다. 안고는 아마 그 일에 말려든 것이겠지. 포트 마피아는 그렇게 결론을 내렸다. 때문에 포트 마피아는 더 이상 안고를 추궁하지 않았다.

하지만 지금에 와서 생각해 보면, 안고가 그렇게 사소한 오해를 2개월이나 풀지 않고 도망치다니, 어딘가 이상하다.

유럽에서 지낸 2개월은 아무도 안고의 행동을 확인할 수 없는 기간이다.

현재의 상황과 연결해 생각해 보면, 이 기간 동안 미믹과 교류하며 어떤 계약을 맺었다고 생각하는 게 타당하다.

즉—— 2중 스파이 계약을 맺은 것이다.

그때부터 이미 미믹은 포트 마피아를 습격하기 위한 레일을 깔기 시작했다는 건가.

나는 서류를 덮고 깊은 생각에 빠져 들었다. 방은 조용했다. 밖의 자동차가 지나가는 소리만이 멀리서 고막을 울리듯이 들려왔다.

무언가가 이상하다. 어딘가 모르게 마음에 걸린다.

안고가 마피아에 들어오고, 그 후에 미믹과 내통하고, 때가 되자 두 조직이 충돌했다. 너무 톱니바퀴가 정확하게 맞물린다. 마치 컴퓨터끼리 두는 체스 같다. 예상외의 움직임. 이쪽의 허를 찌르는 요소가 전혀 없다. 그게 오히려 나를 안절부절못하게 만들었다.

방을 둘러보았다. 안고는 예전에 이곳에서 일했다. 나는 그일을 떠올려 보았다.

안고는 그때 나와 같은 장소에 있었다. 의자에 앉아 책상에 팔꿈치를 대고 언짢은 표정으로 아무 말 없이 이쪽을 바라보았다.

이곳은 나와 안고가 처음으로 만난 장소였다.

그때의 안고는 불손하고 따분해하는 모습으로, '자신은 이런 변경에 있을 인재가 아니다.'라는 불만을 온몸으로 내뿜고 있는 것처럼 보였다.

그 시선을 다시 떠올렸다. 그때 안고는 맨 처음에 뭐라고 말했었더라?

분명히 안고는———.

✖   ✖   ✖

"더 이상 다가오지 마세요, 냄새 나니까."

안고는 책상에 팔꿈치를 대고 언짢은 얼굴로 그렇게 말했다.

나와 다자이는 아무 말도 하지 못 한 채, 입구에 가만히 서 있었다. 회계 사무실의 숨겨진 방에 기묘한 침묵이 흘렀다.

그 청년이 사카구치 안고라는 이름의 신인이라는 사실은 나도 다른 사람을 통해 들어서 알고 있었다. 하지만 얼굴을 보는 건 그때가 처음이었다.

나와 다자이는 서로 얼굴을 마주 보았다.

분명히 나와 다지이에게는 엄청난 악취가 눌어붙어 있었다. 임무가 끝나고 돌아가는 길이었기 때문이었다. 기름과 녹슨 철과 피 냄새. 코는 꽤 전부터 마비되어 뇌에 정보를 제대로 전달하지 못했다.

그때는 용두 항쟁이 한창이었다. 밤중의 거리에는 항쟁의 총소리가 그칠 날이 없었고, 피가 섞이지 않은 하수가 흐르는 날도 없었다. 온갖 장소에서 암흑사회에 속한 사람들의 시체가 쌓여 갔고, 군경도 그 항쟁을 멈추게 할 수 없었다. 멈추게 하기는커녕 일손이 모자라 싸움 현장을 일일이 확인하는 것조차 불가능할 지경이었다.

나와 다자이는 위의 명령을 받아 전투로 죽은 포트 마피아 구성원의 시체를 처리하는 역할을 맡았었다. 시체의 사진을 찍고 소지품을 가지고 돌아오는 일이다. 경찰이 먼저 가져가면 조직범죄방지법의 증거품으로 이용되기 때문에 일이 귀찮아지기 때문이었다.

하지만 항쟁이 벌어지는 중에 해야 하는 일은 아니었다. 게다가 총격전이 일어난 장소는 요코하마 조계지의 폐기물 투기장이었다. 오물과 공업폐기물인 기름이 사실상 불법 투기되는 장소로, 경찰은커녕 근처 주민조차도 접근하지 않았다.

덕분에 나와 다자이는 진흙투성이 기름투성이였다. 눌어붙은 냄새도 들고양이가 1킬로미터 밖에서 도망칠 정도로 너무나도 향기로웠다.

"지금 당장 코를 잘라 내고 싶을 정도로 냄새가 지독해." 임무 중, 다자이는 그렇게 말하며 얼굴을 찌푸렸다.

안고는 그런 우리들을 슬쩍 보더니, 무례한 말투로 말했다.

"시체의 소지품을 책상 위에 올려놓고 물러서세요. 그리고 제가 질문할 때까지 아무 말도 하지 마시고요."

우리는 그 말대로 했다.

"자네는 신입이지?" 다자이가 입을 열었다. "미안하지만 욕실을 좀 빌려줄 수 없을까. 자네 말대로 냄새가 너무 엄청나서——."

"말씀드렸을 텐데요. 아무 말씀도 하지 마세요."

다자이의 말을 끊으며 안고가 그렇게 말했다. 다자이는 입을 벌린 채 더 이상 말을 하지 않았다. 나오려던 말이 끊어진 채 공중을 떠돌았다.

비록 소년이나 마찬가지인 얼굴이었지만, 당시의 다자이는 이미 유력한 차기 간부 후보였다. 아무리 회계 사무소의 신입이라지만 입을 다물라고 퇴짜를 놓을 수 있는 상대가 아니었다.

안고는 우리가 건네준 봉투에서 수집품을 꺼내 하나하나 검사하기 시작했다. 신분증, 열쇠, 휴대전화. 나이프와 권총. 촬영된 사진과 비교하며 하나하나 장부에 적어 나갔다.

나는 안고가 뭘 하는지 몰랐다. 나는 죽은 사람의 이름을 확인한 뒤, 증거품은 당연히 소각 또는 파기할 거라고 생각했다. 하나하나 검사를 하고 서류를 작성하다니, 이 신입은 대체 뭘 하는 걸까.

"지금 뭘 하는 거지?" 나는 신경이 쓰여 물어보았다.

"아무 말도 하지 말라고 말씀드렸을 텐데요." 안고는 서류에 글을 쓰면서 대답했다. "보면 모릅니까? 기록을 하는 겁니다. 당연한 거잖아요?"

"그렇군." 나는 말했다.

"자네의 이름을 말해 주게!"

갑자기, 아무런 맥락도 없이 옆에 있던 다자이가 외쳤다. 나는 깜짝 놀라 몸을 움찔했다.

안고는 서류에서 눈만 살짝 들어 다자이를 보더니 잠시 뜸을 들였다가 말했다.

"사카구치…… 안고입니다만."

"음후후후후후후."

다자이가 어쩐 일인지 얼굴 한가득 웃음을 짓기 시작했다.

"……기분 나쁘게 웃는 이유가 뭐죠?"

"안고. 자네는 재미있는 사람이군. 그런 일을 해 봐야 보스는 아마 싫어하기만 할 테고, 수고와 비용이 들기만 할 뿐, 자네의 평가를 올리는 데에는 아무런 도움이 안 될 거야."

"제가 뭘 하는지 당신은 안다는 말입니까?" 안고가 의외라는 표정을 지으며 말했다.

"자네는 죽은 사람의 인생 기록을 작성하고 있군. 아닌가?"

안고는 다자이의 말에 허를 찔린 듯했다. 안고는 지금 처음으로 그곳에 사람이 있다는 사실을 깨달았다는 듯한 눈으로 다자이를 바라보았다.

"언제 제 기록을 훔쳐 본 거죠?"

"본 적은 없어. 하지만 볼 것도 없이 뻔히 보이지 않나."

나에게는 뭐가 뻔한 건지 알 수 없었지만—— 다자이에게는 항상 있는 일이기 때문에 아무 말을 하지 않고 상황을 지켜보았다.

다자이가 안고는 상관하지 않고 성큼성큼 그에게 다가갔다. "이 항쟁이 격화되면 될수록 사망자는 그냥 숫자에 불과해지지. 어제는 몇 명이 죽었다, 오늘은 몇 명이 죽었다처럼 말이야. 그 사람들은 서서히 돈이나 비품의 손해와 같은 차원의 존재가 되어 가. 그곳에는 개성도 없고, 영혼도 없고, 죽음에 대한 존엄도 없지. 그리고 자네는 그 일에 저항을 하려 하고 있어. 하나 읽어 주면 안 되겠나?"

안고는 잠시 내키지 않는다는 표정으로 다자이를 바라보았지만, 이윽고 서류를 보며 읽어 내려가기 시작했다.

"어젯밤, 폐기장 부근에서 발생했던 간부 습격 사건으로 인한 이쪽의 사망자는 네 명. 우메키 쿠레히토. 사에구사 쇼키치. 이시게 미로쿠. 우타가와 카즈마입니다. ──우메키는 전직 군경으로 동료를 죽였다는 오명을 쓰고 제명되어 마피아에 가입. 전투 지휘에 능해 이 작은 그룹을 이끌었습니다. 부모님과는 모두 사별. 나이 차이가 많이 나는 남동생이 있지만 연락 두절. 우메키가 정말로 동료를 죽였는지 아닌지는 이제 아무도 알 방법이 없습니다. ──다음으로 사에구사. 사에구사는 원래 마피아였던 아버지의 뒤를 이어 어렸을 때부터 마피아에 출입했습니다. 분쟁을 수습하는 게 특기로 구역 내의 상점가 사람들에게는 평판이 좋았다고 합니다. 간부가 되는 게 꿈이었다고 하는군요. ──그 다음은 이시게. 이사람은 여자로 전직 창부 출신입니다. 몸이 약한 부모님을 부양하고 있었습니다. 눈은 나쁘지만 귀가 밝아 적의 기습을 다른 사람보다 빨리 귀로 파악할 수 있었습니다. 습격을 당했는데도 이쪽이 전멸을 당하지 않았던 것은 이 사람의 공적 때문이겠지요. ──마지막으로 우타가와는 원래 적 조직의 암살자였습니다. 하지만 조직이 괴멸되어 마피아의 산하 조직이 되었습니다. 아내와 아이가 있는데, 가족은 이 사람이 암살자라는 것도 마피아라는 것도 몰랐습니다. 앞으로도 영원히 그 사실을 모르겠지요."

나는 안고가 읽어 내려간 네 사람을 상상해 보았다. 눈앞에 생생하게── 나타나진 않았지만, 그 사람들의 존재를 한결 가깝게 느낄 수는 있었다. 하지만 그 사람들은 모두 죽었다.

안고는 서류를 덮고 말했다.

"이 사람들은 모두 평안을 손에 넣었습니다. 아무도 이 사람들에게서 평안을 빼앗을 수는 없습니다. 이 서류에 정리된 정보는 이 사람들이 살았었다는 흔적이자, '네 명 사망'이라고 기록될 보고서에는 결코 실리지 않을 사람들의 숨결입니다. 나는 일을 하는 중간에 이 정보 수집을 시작했습니다. 항쟁이 시작된 뒤에 죽은 포트 마피아 마흔여덟 명을 모두, 이런 방식으로 기록해 두었죠."

나는 깜짝 놀랐다.

그게 얼마나 방대한 작업량인지 쉽게 상상이 갔기 때문이다.

"자네의 그 일을── 즉, 전략상 아무런 가치도 없는 정보를 모아 기록한다는 사실을 보스는 알고 계신가?"

"네. 서류는 매주 정리해서 내가 보스에게 떠넘기고 있습니다. 처음에는 귀찮아서 싫어했지만, 지금은 오히려 '조직 전체의 실정을 알 수 있는 귀중한 정보원이다.'라고 하시며 기쁘게 읽고 계십니다."

원래는 일을 하는 중간중간에 시작했던 정보 수집이 지금은 보스의 지시로 수집하는 본업이 되었다는 것이다. 간부 후보인 다자이가 굳이 이렇게 시체를 뒤지는 일을 시작한 것도 보스의 직접적인 칙령 때문이었던 건가.

"오다 사쿠, 재미있지?" 다자이는 안고의 등을 친근하게 두드렸다. "보통 이런 마피아는 찾아보기 힘들어. 그야말로 재능 낭비군."

"제발 다가오지 말라고 했을 텐데요. 냄새가 옮잖아요." 안고가 얼굴을 찌푸렸다.

"오다 사쿠도 그렇게 생각하지? 이 서류, 읽어 보고 싶지 않아?"

나는 고개를 끄덕인 뒤 말했다. "비싼 값에 사지."

"안 팔아요! 대체 당신들은 뭐죠? 일을 방해나 하고. 난 바쁘다고요! 그리고 냄새가 심해요! 썩은 해산물 조림 같은 냄새가 나요!"

"뭐어? 썩은 해산물 조림이면 뭐 어때? 게다가 꽤 괜찮아. 썩은 해산물 조림은 사케와 잘 어울리거든."

"그런가? 몰랐다."

"그럴 리가 없잖아요! 당당하게 거짓말은 좀 하지 마세요!"

"으음…… 사, 사실은 썩은 해산물 조림은…… 꽤 맛있어."

"부끄러워하면서 거짓말을 하라는 의미가 아니잖아요!"

"그런 얘길 하니 술이 당기는군."

"그거 좋지. 그럼 항상 가던 가게에서 한잔 하지. 이 회계사 수습도 데리고 가자. 괜찮지?"

"그래."

"그러니까, 나는 바쁘다고——."

"오다 사쿠, 이 신입을 바쁜 일에서 해방시켜 줄 수 있는 방법이 하나 있어. 우리가 양쪽에서 힘껏 안아 올리는 거지. 그러면 지독한 오물과 기름 냄새 때문에 오늘은 더 이상 물리적으로 일을 할 수 없을 거야!"

"그렇군."

"무, 무슨 소리세요?! 협박인가요?"

"이봐, 신입. 마피아는 협박 같은 건 안 해. 그냥 범행을 저지를 뿐이지. 아, 오다 사쿠는 오른쪽을 들어 줘."

"알았다."

"자, 잠깐만요! 이건 한 벌밖에 없는 건데, 으악, 그만! 진짜 화낼 거예요, 으아아아아악?!"

..........................................

그 후, 안고와 다자이와 나는 술집에 모여 자주 이야기를 했다.

일을 할 때의 상하 관계는 신경 쓰지 않고 그냥 술을 기울이며 대화를 나누었다. 도시에 대해, 술에 대해, 만난 사람들에 대해. 우리 사이에는 열심히 공유해야 할 특별한 화제가 있었던 것은 아니었지만, 그래도 이야기해야 할 사소한 일들은 끝없이 발생했다. 사막의 전쟁터에서 우연히 만나 불을 둘러싸고 앉은 병사들처럼, 우리는 조용히 말을 꺼내고, 조용히 술을 나누었으며, 사소하고 조용한 서로의 시간을 공유했다.

속한 세계가 세계이다 보니 서로의 이런 관계는 정말 드문 일이었다. 밀림 안에 있는 황금 궁전 같은 거라고 할까. 일단 이 관계가 한 번 무너져 내리면, 다른 누군가와 이러한 관계를 쌓기란 불가능하겠지.

그리고——.

구식 권총. 금고의 비밀번호.

우리의 관계는 눈에 뻔히 보일 정도로 빠르게 무너져 갔다.

다자이는 계단을 걷고 있었다.

그곳은 어둑어둑한 지하로 이어지는 계단이었다.

지하에는 석벽의 틈 사이로 흰 안개가 소리도 없이 흘러 들어와서, 지하실을 호수 안처럼 흐릿하게 만들었다. 석벽은 습기를 띠어 검었고, 수많은 비명과 절망을 빨아들여 어슴푸레하게 빛났다.

그곳은 마피아의 지하 감옥이었다. 대부분은 살아서 들어가지만 살아서 나오는 사람은 적었다.

많은 사람들이 이곳으로 끌려온다. 이유는 다양하다. 고문 도구가 갖춰져 있다는 이유. 동료가 구출하러 오기가 거의 불가능하다는 이유. 지상보다 피를 씻어 내는 청소가 조금 편하다는 이유.

다자이는 지하실을 아무 말 없이 가로질러 안쪽에 있는 특별 수감방으로 갔다.

특별 감옥은 다다미 스무 장 정도 되는 사각형 방이었다. 낮은 철문만이 유일한 입구로 그 외에는 햇빛을 들어오게 하는 창문조차도 없었다. 중세의 감옥을 연상시키는 수갑과 쇠사슬이 한 세트로 벽에 걸려 있는 모습이 보였다.

수감방 중앙에는 시체가 있었다. 시체 세 구. 죽은 지 아직 얼마 되지 않았다. 피만이 천천히 바닥에 퍼져 나갔고, 주인이 없는 지금도 이 무거운 분위기의 방에서 탈출하려고 허무한 시도를 계속했다.

죽은 사람들은 미믹의 병사들이었다.

카지노의 최면 가스를 들이쉰 미믹의 병사를 마피아가 고문을 하기 위해 데리고 왔다.

"설명을 좀 해 주겠나." 다자이가 말했다.

수감방에는 다른 마피아 넷이 있었다. 세 사람은 일찍이 뒷골목에서 다자이와 함께 저격수를 추격했던 다자이의 부하. 나머지 한 명은 검은 외투를 두른 키가 작고 여윈 소년이었다.

"마피아 산하의 카지노를 습격한 미믹의 첩병을 최면 가스를 이용해 쓰러뜨린 뒤 이곳으로 옮겨 왔습니다." 양복을 입은 부하 중 한 사람이 검은 안경을 밀어 올리며 대답했다. "이곳에서 고문을 하여 동료의 정보를 알아낼 심산이었습니다. 어금니에 넣어둔 자결용 독약도 제거했습니다."

"거기까지는 알아. 모두 내 지시니까. 듣고 싶은 건 그 다음이야."

"생각보다 빨리 병사 한 명이 눈을 떴습니다." 검은 안경을 낀 부하가 분명치 않은 목소리로 대답했다. "수갑을 채우기 전에. 그 병사는 저희에게서 총을 빼앗아 동료 병사를 사살했습니다. 쓸데없는 말을 못 하게 하려고 말입니다. 그리고 저희를 덮쳤습니다. 그래서——."

"그들을 내가 처단했다."

그 말을 받아 검은 외투를 입은 소년이 말했다.

다자이가 그 소년을 바라보았다.

검은 외투를 입은 소년은 커다란 눈으로 다자이를 정면으로 마주 보았다.

"무슨 문제라도 있나?"

"그렇군. 아니, 아무 문제도 없어." 다자이는 검은 외투를 입은 소년을 똑바로 바라보며 말했다. "절대 절개를 꺾지 않는 무시무시한 적병을 쓰러뜨리고 동료를 지킨 거니까. 아쿠타가와, 정말 대단한 일을 한 거야."

다자이는 아쿠타가와라고 하는 검은 외투를 입은 소년을 향해 천천히 걷기 시작했다.

"자네의 이능력이 아니었다면, 그런 강적을 단숨에 해치울 수 없었겠지. 역시 내 부하야. 덕분에 사로잡은 적병은 세 명모두 사망이군. 함정을 파면서까지 힘들게 생포한 병사들을 말이지. 이걸로 단서는 모두 사라졌군. 한 사람이라도 살아

남았다면 적의 본거지, 적의 목적, 다음 표적, 지휘관의 이름과 정체, 그리고 지휘관의 이능력 등, 귀중한 정보를 알아낼 수 있었을 텐데. 그래, 아주 잘했어."

"정보 따위── 녀석들 정도는 내가 한꺼번에 갈가리."

아쿠타가와는 끝까지 말을 하지 못했다. 다자이가 갑자기 아쿠타가와의 얼굴을 때렸기 때문이다.

아쿠타가와는 멀리 날아갔다. 돌바닥에 머리가 부딪쳐 튀어 오르며 둔탁한 소리를 냈다.

"분명 자네에게는 내 말이 변명을 해 보라는 소리처럼 들렸겠지. 오해를 하게 해서 미안하군." 다자이는 아쿠타가와를 때린 주먹의 관절을 쓰다듬으면서 말했다.

"큭……."

아쿠타가와가 신음소리를 뱉어 냈다. 머리를 강하게 부딪쳤기 때문에 몸이 비틀거려 설 수 없는 듯했다.

"자네, 총을 좀 빌려주게."

다자이는 검은 양복을 입은 부하를 향해 말했다. 부하가 머뭇거리면서도 권총을 다자이에게 건네주었다.

다자이는 건네받은 자동권총의 탄창에서 총알을 꺼낸 뒤, 세 발만을 다시 탄창에 넣고 총에 장전했다.

그리고 총구를 쓰러져 있던 아쿠타가와에게 겨누었다.

"내 친구 중에 개인적으로 고아를 부양하는 남자가 있거든." 다자이는 총을 겨눈 채 말을 계속했다. "아쿠타가와. 빈민가에서 아사 직전이었던 자네를 주운 사람이 오다 사쿠였다면 분명히 내버리지 못하고 참을성 깊게 자네를 가르치고 이끌어 주었겠지. 그게 '정의'야. 하지만 나는 '정의'에게 버림을 받은 남자거든. 그런 사람은 쓸모없는 부하를 이렇게 해 버리지."

말이 끝나자마자 다자이는 가차 없이 방아쇠를 당겼다.

세 발의 총소리. 세 발의 섬광. 세 발의 빈 탄피가 땅에 떨어져 맑은 소리를 냈다.

"………."

아쿠타가와의 얼굴에서 땀이 흘렀다.

"호오. 하면 되지 않나."

총알은 아쿠타가와의 바로 코앞에서 아슬아슬하게 정지했다.

아쿠타가와가 이능력으로 막은 것이다.

하지만 이능력으로 총알을 막은 아쿠타가와의 표정에서는 여유를 찾아볼 수 없었다.

"내가 몇 번이나 가르쳐 줬잖아." 다자이가 즐겁다는 듯이 말했다. "불쌍한 포로를 갈가리 찢는 것만이 자네가 지닌 힘이 아니라고. 이렇게 방어를 할 때도 사용할 수 있다고 말이야."

아쿠타가와의 이능력, 『라쇼몽(羅生門)』은 검은 외투를 살아 있는 생명체처럼 조종해 칼날 또는 이빨로 변형시켜 적을 찢어 내는 능력이다. 다자이는 칼날로 공간 그 자체를 잘라 끊어뜨리면 총알의 진행을 막는 것도 이론상 가능하다고 생각했다.

"지금까지…… 이 방어에 성공한 적은 없었다." 아쿠타가와가 생명력이 느껴지지 않는 갈라진 목소리로 말했다. 공간을 끊어 버리는 데에 대부분의 정신력을 사용해 버렸기 때문이었다.

"하지만 지금 이렇게 성공하지 않았나. 아주 축하할 만한 일이로군."

아쿠타가와의 미간이 잔뜩 일그러졌다. 감정이 폭발하기 직전의 위험한 긴장감이 아쿠타가와의 얼굴을 감쌌다.

"다음에 또 실수를 하면 두 번 때린 뒤에 다섯 발을 쏘겠다. 알겠지?"

다자이의 목소리는 얼음처럼 차가웠다. 아쿠타가와는 무슨 말을 하려고 했지만, 다자이의 가늘게 뜬 눈에 압도되어 입을 닫았다.

"자, 못난 부하의 교육은 이 정도로 하고, 일을 시작하지. 시체를 조사하겠어. 무언가 나올지도 모르니까."

다자이는 옆에 대기하고 있던 부하 세 사람에게 지시를 내렸다. 부하 한 명이 머뭇거리며 대답했다.

"저어…… 시체에서 무엇을 조사하면 될까요?"

"전부야! 당연한 거 아냐?!" 다자이는 어이가 없다는 듯이 말했다. "아지트의 흔적을 찾는 거야. 신발 바닥, 주머니의 먼지부스러기, 음식 찌꺼기, 옷에 들러붙은 것, 모든 게 단서가 되니까. 나 참…… 우리 부하들은 다들 적을 고통스럽게 죽이는 것만이 마피아의 일이라고 생각하니. 이대로 가다간 오다 사쿠 혼자서 전부 해결해 버리겠어."

"오다 사쿠노스케…… 그 남자라면 저도 알고 있습니다."
검은 안경을 쓴 부하가 쭈뼛거리며 말했다. "죄송하지만 다
자이 씨…… 그 남자가 어제 사무실 뒤쪽에서 비질하는 모
습을 봤습니다. 도저히 다자이 씨의 친구로서 어울리는 사람
이라고는 생각하기 어려웠습니다. 그리고 이번 적과 겨룰 수
있는 사람처럼도 보이지 않았습니다."

다자이는 어안이 벙벙한 표정으로 부하를 바라보았다.

"자네, 진심으로 하는 말인가? 나와 오다 사쿠가 어울리지
않는다고?" 다자이가 정말로 놀란 표정을 지으며 말했다.

"네……."

다른 부하들도 모두 같이 고개를 끄덕였다.

"자네들, 정말 바보군!" 다자이가 진심으로 어이가 없다는
듯이 웃으며 말했다. "이봐. 자네들을 위해 충고하는데 오다
사쿠의 화를 돋우지 않는 게 좋을 거야. 절대 화를 돋우면 안
돼. 만약 오다 사쿠가 진심으로 화를 내면 이 수감방에 있는
다섯 명 모두 총을 뺄 틈도 없이 살해당할 테니까."

부하들은 깜짝 놀라 할 말을 잃었다. 아쿠타가와도 잔뜩 굳
은 표정으로 다자이를 바라보았다.

"오다 사쿠가 진짜 화나면 그 어떤 마피아보다도 무섭지.
아쿠타가와, 자네는 백 년이 지나도 오다 사쿠에게 못 이길
거야."

"……말도 안 돼." 아쿠타가와는 어금니를 물며 작은 목소
리로 말했다. "그럴 리가. 다자이 씨, 당신은 나를……."

다자이는 그 말을 무시했다.

"자, 일을 하게! 적도 귀찮지만, 빨리 항쟁을 끝내지 않으면 이능력 특무과가 불을 끄러 납시셔서 더욱 사태가 귀찮아질 테니까."

아쿠타가와는 돌바닥에 손을 짚은 채, 다자이를 계속 노려보았다.

"………."

그 증오의 눈빛은 다자이를 향해 있는 것처럼도 보였고, 자기 자신을 향해 있는 것처럼도 보였다.

✖　　✖　　✖

나는 회계 사무소 밖으로 나갔다.

그리고 안고에 대해 생각했다. 이 거리 어딘가에서 악에 물들어 가고 있을 그 남자를.

아니면 악은 우리 마피아고, 안고와 미믹은 그 악을 단죄하기 위한 정의의 사도일지도 모른다. 그쪽의 가설이 어느 정도 논리적인 것처럼도 보였다. 나도 다자이도 보스도, 그 외의 모든 마피아 조직원들도, 모두 죄를 짊어진 채 고독과 후회 속에 죽어 가야 하는 사람들인지도 모른다. 그게 이 세상의 정의에 부합하는 것이 아닐까.

그런 생각을 하면서 회계 사무실 밖으로 나왔는데, 다자이에게서 연락이 왔다.

"여어, 오다 사쿠. 바로 본론을 꺼내서 미안한데, 단서를 잡았어. 지금 말하는 장소로 가 주지 않겠나?"

다자이가 말하길, 적대 조직인 미믹의 병사들 신발에 어떤 활엽수의 시든 잎이 몇 개인가 붙어 있었다는 모양이었다.

그 활엽수는 다년생으로, 이 시기에는 낙엽이 떨어지지 않는다. 낙엽은 나무가 시들었을 때만 발생하지만, 다년생 식물은 쉽게 시들지 않는다.

그렇다면 제초제를 이용해 인위적으로 시들게 만들었을 가능성이 있다. 그래서 다자이의 부하가 최근 몇 개월간 업자가 제초제를 사용해 나무를 제거한 일이 없는지 조사했다.

그 결과, 요코하마 근교에 있는 활엽수를 제거한 업자가 딱하나 있었다고 한다.

그 업자는 자동차 터널 확장 공사를 위해 구획 정리를 할 때, 도롯가에 심긴 활엽수를 시들게 했다. 장소는 산간부로 근처에 눈에 띄는 시설이 있는 것은 아니었다.

하지만 그 주변에 딱 한 군데, 10년도 전에 폐쇄된 기상관측소가 있었다. 접근하는 사람이 없어 이미 폐허로 변한 곳이었다.

넓고 사람들 눈에 띄지 않으며 물자를 옮기기에도 쉬운 곳으로, 국내에 근거지가 없는 미믹이 거점으로 삼기에는 딱 알맞은 장소였다.

시간은 이미 저녁을 지나려 하고 있었다. 나는 자동차를 운전해 고속도로를 타고 목적지를 향해 달렸다. 보라색과 오렌

지색의 다툼이 지평선 근처의 하늘에서 펼쳐지는 가운데, 어디에선가 바닷새가 우는 소리가 들렸다.

산에 들어서자 토막이 난 듯한 비포장도로가 나타나 도중에 차에서 내려 걷기 시작했다. 잡초가 무성한 보도를 가르고 계속 나가자, 이윽고 철근이 저녁놀에 반사되어 빛나는 건물이 눈에 들어왔다.

그 건물은 3층 정도 되는데, 이미 폐허였다. 예전에는 하얬을 외벽은 담쟁이덩굴이 뒤덮었고, 비와 바닷바람과 시간이 총공세를 퍼부었는지 페인트칠은 모두 벗겨져 나갔다. 그리고 건물의 중심부에는 하늘을 확인하기 위한 관측탑이 있었고, 꼭대기에는 구형 망원실이 장식처럼 붙어 있었다.

흙과 나무가 소리를 빨아들여 주변은 우주처럼 매우 고요했다. 많은 사람들이 숨어 있는 듯한 기척은 느껴지지 않았다.

나는 조금 생각을 한 뒤, 다자이의 부하들이 오기 전에 이 폐허가 된 건물을 조사해 보기로 했다. 어떤 예감이 들었기 때문이다.

만약 내 예감이 맞다면 이곳에는 안고에 대한 정보가 있다.

그 정보는 아마도 다른 마피아에게 보여 주어서는 안 되는 것이다.

잡초를 가르고 건물 안으로 들어갔다. 1층에는 아무것도 없었다. 벗겨진 바닥 타일, 방치되어 녹이 슨 간이 의자, 갑충의 시체 이외에는 아무것도. 창문에는 나무판자가 박혀 있었는데, 그 틈으로 저녁놀이 대각선으로 쏟아져 들어와 공중의 먼지를 반짝이게 했다.

먼지와 모래가 가득한 바닥에는 몇몇 발자국이 나 있었다. 군화다. 최근에 여러 명이 이곳에 들어왔었던 모양이었다.

무너져 내릴 것만 같은 2층으로 가는 계단에 발을 내디뎠을 때, 건물 어딘가에서 희미한 소리가 났다. 아기 고양이가 잠을 자다 뒤척인 정도의 작은 소리였지만, 나의 무언가를 번뜩이게 하기에는 충분한 소리였다.

나는 보폭을 크게 하여 계단을 올랐다. 2층에는 사람이 없었다. 3층에도 없었다. 예상대로였다.

나는 더욱 계단을 올라 망원실로 통하는 관측탑으로 갔다.

그리고 더 위로 올라가 작은 방에 도착해 보니, 한 인물이 있었다.

의자에 묶여 꼼짝할 수 없는 사람이.

그 사람은 나를 보자마자 외쳤다.

"오다 사쿠 씨! 오면 안 돼요!"

나는 그 말을 무시한 채 그 인물을 향해 달려갔다.

그 인물── 안고는 등 뒤로 묶인 양손을 풀기 위해 버둥거렸다. 하지만 밧줄은 꽉 묶여 있어서 꿈쩍도 하지 않았다. 나는 안고의 등 뒤로 돌아 밧줄을 풀어 주려고 했다.

"왜 온 거죠?! 이곳은 적이 근거지로 삼고 있는 시설이에요!!"

"네가 도움을 청하는 듯한 느낌이 들어서." 나는 묶인 밧줄을 풀기 시작했다. 하지만 꽤 강적이었다.

"난 도와달라고 한 적 없어요!!"

"그래?" 나는 밧줄의 매듭에 손가락을 집어넣었다. 바이스처럼 그곳에 힘을 주자, 매듭이 아주 조금 움직였다.

"네가 난처한 이유를 하나 추측해 보지. 미믹에게 네가 스파이라는 사실을 들켰다. 아닌가?"

"……! 그건." 안고는 채 말을 잇지 못했다.

"마피아들은 모두, 자네가 마피아에 잠입한 미믹의 스파이라고 생각하고 있지. 하지만 실제로는 반대였어. 사카구치 안고는 미믹 안에 잠입한 마피아의 스파이였던 거지."

안고는 눈을 휘둥그렇게 뜨며 나를 바라보았다.

"미믹이 안고의 방을 저격 조준 장치로 엿보고 있었던 이유는 안고의 방에 있던 구식 권총을 빼앗기지 않기 위해서였지. 그런데 녀석들은 왜 빨리 마피아의 보스를 저격하지 않은 걸까? 이유는 단순해. 네가 미믹에게 '마피아의 보스가 어디에 있는지 모른다.'라고 거짓말을 했기 때문이야. 왜 그런 짓을 했는가? 네가 마피아에 대해 무엇을 가르쳐 주고 무엇을 가르쳐 주지 않을지는 이미 보스에게 명령을 받았기 때문이지."

안고는 눈꺼풀을 꽉 감았다. 어금니를 꽉 물고 마음속에서 끓어오르는 감정을 꾹 참고 있는 것처럼 보였다. 이윽고 안고가 눈을 뜨더니 말했다.

"오다 사쿠 씨, 얼른 도망치세요. 내가 그만 실수를 하고 말았습니다." 안고는 턱으로 위층을 가리켰다. "위층에는 시한폭탄이 설치돼 있어요. 녀석들은 배신자인 나를 완전히 태워 죽일 생각이에요."

"봐라. 역시 도움을 청했잖아." 나는 매듭을 풀길 포기하고 권총을 꺼내 들었다. "될 수 있는 한 의자에서 멀리 떨어져라."

나는 조준을 한 뒤, 밧줄의 매듭을 향해 총 두 발을 쐈다. 의자 전체가 흔들리면서 밧줄이 튀어 날아갔다.

"가자. 폭발까진 얼마나 남았지?"

"언제 건물이 폭발해도 이상하지 않아요!"

나는 안고를 어깨로 부축하며 계단 아래쪽으로 달려 내려 갔다. 안고는 의자에 묶이기 전에 사람들에게 얻어맞았는지, 옆구리를 눌렀고 발걸음도 불안정했다. 그럼에도 우리는 굴러 떨어질 듯한 속도로 계단을 뛰어 내려갔다.

우리가 거의 건물 밖으로 다 나갔을 때, 폭탄이 폭발했다.

먼저 충격이 우리를 덮쳤다.

그리고 뜨거운 바람이 밀려왔다.

우리는 앞으로 넘어질 듯이 도약해서——라고 하기보다는 앞으로 날아가서—— 잡초 속으로 뛰어들었다. 공기가 폐에서 하나도 남김없이 밖으로 빠져나갔다.

마지막으로 건물의 파편과 잔해가 후드득거리며 쏟아졌다. 피하려고 했지만 폭발로 인한 충격 때문에 몸이 제대로 움직이지 않았다. 다행히도 무거운 철근은 날아오지 않았고, 가벼운 판자 벽은 저 멀리까지 날아가 버렸다. 그래도 수많은 크고 작은 잔해가 우리 위로 쏟아져 아프게 등을 때렸다.

호흡이 다시 원래대로 돌아오기까지 1분 가까이 걸렸다.

나는 기침을 하면서 머리에 떨어진 잔해를 털어 냈다. 시야가 붉게 변했다가 희게 변했다가를 반복했다.

"안고…… 괜찮아?"

"네, 간신히요……."

안고는 잔해에서 기어 나와 등 뒤의 건물을 돌아보았다. 나도 안고를 따라 뒤를 돌아보았다. 건물은 2층에서부터 위쪽이 다 날아가 버려, 불에 탄 철골만이 남아 있었다. 안고가 사로잡혀 있었던 방은 바닥까지 모두 날아가 보이지 않았다. 정말 폭약을 많이도 쓴 모양이다. 이래서는 적의 흔적을 찾아볼 수도 없겠지.

"우리 보스는 어디까지 알고 있지?" 나는 숨을 헐떡이면서 옆에 있는 안고에게 물었다.

"거의 다요." 안고가 대답했다. "내가 미믹에게 잠입해 있다는 사실을 아는 마피아 내부 사람은 보스뿐입니다. 그만큼 민감한 임무였다는 거죠. 사실을 아는 관계자가 늘어날수록 비밀은 쉽게 새어 나가니까요—— 기밀 정보의 기본입니다."

"이거 참." 나는 상반신을 일으켜 잔해 위에 걸터앉았다. "그래서 보스는 나에게 안고 수색을 지시했던 거군. 진심을 숨긴 채 말이야."

나는 안고의 첩보 활동이 위험해졌을 때를 대비한 보험이었다. 아무것도 모르고 아무도 속이지 않은 채, 어떤 상황에 처하든 의심하지 않고 안고를 구출시키기 위한 장기 말.

"나는 이런, 폭탄이라든가, 위기일 때 아슬아슬하게 탈출

한다든가 하는 건 잘 못해요." 의식을 되찾기 위해서 고개를 흔들더니 안고가 독설을 내뱉었다. "하지만 미믹의 대응은 화살처럼 빨랐습니다. 그 탓에 몸을 지킬 틈이 전혀 없었죠. 아, 눈 안에서 무지갯빛 별이 보이는데 이게 뭐죠?"

"나는 익숙하지."

"얼른 보고해야겠네요." 안고는 자리에서 일어섰다. "미믹의 두목은 위험한 남자입니다. 냉철하고 통솔력도 있고, 싸우길 원하죠. 마피아를 완전히 짓밟아 뭉개 버릴 생각입니다. 부하들은 그 두목을 위해서라면 자신의 목도 긋습니다. 실제로도 그런 모습을 보기도 했고요."

"그 두목의 이름은?" 내가 물었다.

"앙드레 지드. 그 사람 자신이 강력한 이능력자예요. 녀석과 싸워서는 안 됩니다. 오다 사쿠 씨, 당신은 특히요. —— 내 방에서 금고 안 권총을 발견한 사람은 오다 사쿠 씨죠?"

그래. 나는 그렇게 대답했다.

"그 총은 표식입니다. 격철에 특별한 음각이 새겨져 있는데, 그게 미믹의 일원임을 증명해 주는 거죠. 저도 그 총을 받는 데 1년이 걸렸습니다."

안고는 비틀거리는 다리로 잔해 틈 사이에 서서 산의 잡목림을 힐끔 바라보았다. 그곳에 있는 무언가를 확인하기 위해서.

"이제는 마피아와 미믹의 충돌을 막을 수 없습니다. 그 녀석들은 싸우는 것밖에 모르거든요. 사실 그 녀석들은 상대가 누구든 상관없습니다. 자신들을 싸울 수 있게 해 준다면, 지옥을 지키는 개와도 지르박을 출 겁니다. 한시바삐 준비를 하지 않으면 도시가── 윽!"

안고의 관자놀이 근처의 피부가 찢어져 한 줄기 피가 천천히 흘러 떨어졌다. 나는 손수건을 꺼내 주었다. 안고는 인사를 한 뒤 손수건을 받아 상처를 지혈했다.

"미믹은 어떤 조직이지?"

"군대예요…… 이미 예상을 하셨을지도 모르지만, 그 사람들은 옛 큰 전쟁 때의 패잔병입니다. 전쟁터 이외에서는 살아갈 수 없는 자들로, 주인 없는 '회색 유령'이죠. 그 사람들은 지금도 전쟁에 사로잡혀──."

안고는 문득 비포장 도로 쪽을 바라보며 말했다.

"저건 뭐죠?"

나는 안고의 시선을 좇았다. 내리막길인 모랫길에 파란 명주실로 만든 공이 굴러다니고 있었다. 아이들이 던지며 노는 공이다. 폭발 때 어딘가에서 날아온 건가?

나는 발밑에서 굴러다니는 그 공을 주워 올렸다. 공은 짙은 자색에 가까운 청색이었다. 꽤 낡아서 명주실이 풀려 있었지만, 아름다운 기하학 모양은 여전히 눈길을 끌었다.

나는 그 공을 손 안에서 돌리며 살펴보았다. 양손에 쏙 들어갈 정도의 크기다. 뒤쪽도 확인했지만 특별히 이상한 점은──.

갑자기 지면이 흔들렸다.

땅이 갑자기 눈앞으로 다가왔다. 잠시 뒤, 내가 쓰러졌다는 사실을 깨달았다. 양손으로 땅을 짚으려고 했지만 미처 그러지도 못한 채 나는 앞으로 쓰러졌다. 시야가 흐릿했다. 엄청나게 구역질이 났다.

양손을 바라보았다. 끈쩍한 푸른 액체가 양손에 들러붙어 있었다. 조금 전의 공에 칠해져 있던 것이다. 액체가 묻은 부분이 불쾌하게 저릿거렸다. 뇌가 최대한의 경고를 발했다.

거기서 영상이 끝났다.

나는 잔해 사이에 서 있었다.

운이 나쁘게도 나는 영상이 끝난 시점에 이미 공을 들고 있었다.

재빨리 공을 집어 던졌지만 이미 늦었다. 조금 전과 마찬가지로 현기증이 났다. 나는 양손의 파란 점액을 코트에 닦아 버렸지만, 이미 피부를 통해 점막이 몸 안으로 침입한 뒤였다.

나의 이능력——『천의무봉(天衣無縫)』은 몇 초 후의 미래를 뇌리에 비춰 준다. 예언 시간은 5초보다 길고 6초보다는 짧다. 때문에 저격이나 폭발 등의 기습 공격을 예감하고 피할 수 있다.

하지만 미래에 일어날 위기를 깨달았을 때, 이미 함정에 빠져 있었을 경우—— 이번 같은 경우 ——에는 예언을 볼 수는 있지만 피할 수는 없다. 이번에는 공을 6초 이상이나 들고 있었기 때문에 이미 늦었다.

상대가 누구든, 내 이능력을 속속들이 알고 있는 사람의 짓

이다. 그런 상대는 그다지 많지 않다.

나는 비지땀을 흘리며 안고에게 경고하려고 했다. 하지만 목소리가 나오지 않았다.

안고의 등 뒤에서 검은 그림자가 소리도 없이 나타났다.

네 명, 아니, 다섯 명. 모두 밤처럼 어두운 야전복을 두른 사람들로, 얼굴은 방독면을 써서 가리고 있었다. 미믹이 아니었다. 회색의 구식 권총이 아니라 최신식 유도형 소총을 장비한 모습이 보였다. 특수부대다.

검은 특수부대 중 한 사람이 안고의 어깨를 두드렸다. 안고는 뒤를 돌아 고개를 한 번 끄덕였다. 알고 있다고 말을 하는 것처럼.

"오다 사쿠 씨. 죄송합니다."

안고는 걸어오더니, 내 손에 조금 전에 빌려 주었던 손수건을 올려 두었다. 나는 몸을 움츠리기는커녕 손수건을 쥘 수도 없었다.

안고는 주머니에서 흰 비단 장갑을 꺼내 오른손에 끼었다. 그리고 그 손으로 파란 공을 주웠다.

"이곳에서 일어난 일은 모두 말해도 상관없습니다── 미믹의 내부 사정은 모두 진실이기도 하고요. 혹시── 가능하다면, 다자이 씨까지 셋이서 한 번 더 술을 마시고 싶었습니다. 같은 시간, 같은 장소에서……."

검은 특수부대가 안고의 팔을 잡더니 신호를 보냈다. 안고는 눈으로만 대답을 한 뒤, 포기했다는 듯이 웃으며 나를 바라보았다.

"건강하시길."

안고가 등을 돌려 검은 특수부대와 함께 떠나는 모습이 시야의 끝에서 보였다. 그때는 이미 목을 움직일 수도, 시선을 움직일 수도 없었다. 양쪽에서 어둠이 닥쳐왔다.

나는 저릿한 혀로 떠나가는 안고의 등을 향해 무슨 말인가를 했다. 무슨 말을 했는지는 나도 알 수 없었다. 형용할 수 없는 고독만이 가슴에 남았다. 우주의 끝에 있는 듯한 기분이었다.

어둠이 나를 집어 삼켰고.

이어서 의식이 사라졌다.

# 3장

비가 내렸다.

나는 앉아 있었다.

시간이 천천히 꽈리를 틀 듯이 애매하게 지나갔고, 수많은 소리는 막연한 빗소리에 빨려 들어갔다. 때문에 세계 전체가 유령이 된 것처럼 느껴졌다.

눈앞에서는 비가 대각선으로 내려 경치를 뒤덮은 탓에 모든 것이 파랗게 보였다. 비와 바다의 물보라가 섞인 안개가 주변을 감돌았다. 젖은 경치와 나는 유리를 사이에 두고 마주 보고 있었다.

그곳은 찻집이었고, 나는 열네 살이었다.

나는 책을 읽고 있었다.

오래된 책이었다. 표지의 모서리는 닳아 버렸고, 일부는 찢어졌다. 인쇄된 지도 오래되어 글자가 군데군데 흐릿하게 보였다.

내가 그 책을 발견한 곳은 살인을 했던 현장이었다. 더 이상 책을 읽을 수 없게 된 주인 대신에 내가 그것을 가지고 돌아온 것이다.

나는 책의 페이지를 넘겼다.

내가 열네 살 때는 지금보다 훨씬 단순했다. 프리랜서로 살인 의뢰를 받는 살인 청부업자로, 일을 하다가 실수한 적은 한 번도 없었다. 이 책의 원래 주인인 부잣집 사람도 가족과 함께 살인 현장의 벽에 얼룩이 되었다.

왜 그 책을 가져왔는지, 이제는 생각나지 않는다. 뭔가가 마음속에 걸렸던 거겠지. 아주 작은 무언가가. 그 당시의 나는 책을 읽지 않았다. 하지만 그 책은 달랐다.

그 책은 오래된 소설이었다. 어느 동네를 배경으로 많은 등장인물이 나오는 이야기. 등장인물들은 모두 약했고, 별 볼일 없었고, 사소한 일로 우왕좌왕했다. 하지만 신기하게도 읽을수록 빠져드는 이야기였다.

나는 일이 끝난 뒤, 단골 찻집의 항상 앉는 자리에 앉아 습관적으로 그 소설을 읽었다. 때문에 이미 그 책은 몇 번이나 반복해서 읽은 상태였다.

그날도 나는 그 소설을 읽고 있었다.

"꼬마야, 넌 항상 그 책을 읽고 있구나. 그렇게 재미있나 보지?"

갑작스럽게 누군가가 말을 걸어서 나는 고개를 들었다.

등이 곧은 장년의 남자가 눈앞에 서 있었다. 엷게 웃으며 지팡이를 짚고 선 메마른 남자였다. 입매에는 짧은 수염이 나 있었는데, 이 가게에서 몇 번인가 본 적이 있는 남자였다.

재미있어요. 나는 그렇게 대답했다.

수염이 난 남자는 신기하다는 듯이 내 얼굴을 바라보았다.

"별난 소년이군. 이 세상에는 그런 소설보다 재미있는 일들이 많은데 말이야."

나는 대답을 하지 않은 채 남자를 바라보았다. 솔직히 말해서 왜 자신이 이 책을 이렇게 계속 반복해서 읽고 있는지 상대에게 설명할 만한 이유가 없었기 때문이다.

"꼬마야, 그 책의 하권은 어쨌냐?"

나는 테이블 위의 책을 바라보았다. 테이블 위에는 상권과 중권이 놓여 있었다.

그 소설에는 한 가지 커다란 결점이 있었다. 내가 발견한 것은 상권과 중권뿐이었다. 그 탓에 나는 이 이야기가 어떤 결말을 맞이하는지 몰랐다. 최대한 많은 고서점에 들러 보았지만 하권은 발견할 수 없었다.

나는 하권은 없다고 말했다.

"이제야 이해가 가는군. 꼬마야, 넌 참 복 받은 거다. 그 소설은 하권이 정말 최악이거든. 읽은 다음 두개골에서 뇌를 꺼내 물로 씻어 버리고 싶은 내용이지. 상권과 중권만으로 만족해 두어라. 그게 너를 위해서니까."

그럴 수는 없다. 나는 그렇게 대답했다.

"그럼 네가 써라." 수염이 난 남자가 말했다. "그게 유일하게 그 소설을 완벽한 상태로 유지하는 방법이니 말이다."

나는 어안이 벙벙한 표정을 지었다. 스스로 쓴다는 발상은 그때까지 한 번도 해 본 적이 없었다.

"소설을 쓰는 일은 곧 사람을 쓰는 일이다." 수염이 난 남자가 말했다. "인간은 어떻게 태어나 어떻게 죽어야 하는가를 쓰는 것이지. 내가 보니, 너에게는 그럴 자격이 있는 듯하구나."

나는 대답하지 않았다. 나에게 그런 자격이 있을 거라는 생각은 들지 않았다. 그날도 나는 일을 받아 사람을 죽이고 왔었다.

하지만 남자의 말에는 묘한 설득력이 있었다. 남자의 눈에는 몇 광년이나 떨어진 곳에서 도착한 듯한 맑은 빛이 있었고, 그 목소리에는 대지 그 자체를 흔드는 듯한 확신이 있었다. 나는 그런 사람을 태어나서 처음으로 봤다.

나는 이름을 물었다. 수염이 난 남자는 자신의 이름을 말해 주었다. 하지만 그 이름은 벌써 잊어버리고 말았다.


며칠 후, 내가 똑같은 시간에 그 찻집에 가 보니, 내가 항상 앉아 있던 곳에 책이 한 권 놓여 있었다.

책의 표지에는 메모가 붙어 있었는데, 그곳에는 '후회해도 모른다.'라는 말이 적혀 있었다.

하권이었다.

나는 그날 하루 종일 그 책을 읽었다.

감상은——.

눈을 떠 보니 침대 위였다.

양손에는 붕대가 감겨 있었다. 몸을 일으키니, 폭발에 말려들었을 때 느꼈던 등의 통증이 다시 되살아났다. 나는 신음 소리를 뱉어 냈다.

그곳은 병원의 개인실이었다. 깨끗하고 아무것도 없었다. 마치 영안실 같이 조용했다. 입구에 검은 양복을 입고 안경을 낀 남자가 무섭게 서 있다가 나와 눈이 마주치자 소리도 없이 밖으로 나갔다. 누군가를 부르러 간 것이다.

"여어, 눈을 떴나, 오다 사쿠. 기분은 어때?" 잠시 뒤, 다자이가 밝은 표정을 지으며 안으로 들어왔다.

"50년간 겪을 숙취를 한꺼번에 경험한 기분이야." 나는 그렇게 대답한 뒤 주변을 둘러보았다. "안고는 발견했나?"

"아니. 내 부하가 폭발 현장에서 발견한 사람은 쓰러진 오다 사쿠뿐이었어. 적의 모습은 그림자도 없었지. 아쿠타가와가 '배신자를 미처 죽이지 못했다.'며 굉장히 아쉬워하더군. ……역시 안고가 그곳에 있었나 보지?"

나는 폐허에서 있었던 일을 말해 주었다. 아주 세세한 부분까지 있는 그대로.

"사로잡혔던 안고, 폭발, 앙드레 지드, 그리고 검은 특수부대, 라……." 다자이가 엄지를 입 끝에 대고 가만히 생각에 잠겼다. 그대로 1분 정도 다자이는 꼼짝도 하지 않았다. 다자이의 시선만이 다른 사람에게는 보이지 않는 무언가를 좇아 흔들렸다. 나는 아무 말도 하지 않고 가만히 기다렸다.

"일어난 일은 크게 나눠 두 가지야." 겨우 다자이가 입을 열었다. "하나는 범죄 조직 미믹의 습격. 또 하나는 안고와 검은 특수부대의 암약."

"검은 특수부대와 미믹은 다른 조직인가?"

"다르지. 조금 더 자세히 말하면, 그 거대한 소동은 마피아·미믹·검은 특수부대라는 세 세력이 접촉해 일어난 거야. 단, 특수부대 쪽은 당분간 무시해도 돼. 역시 위험한 쪽은 미믹이야. 오다 사쿠가 자는 동안 마피아의 구역이었던 상점이 여섯 군데나 폭파됐지. 그것도 동시에. 피해는 1분 단위마다 늘어 가고 있어."

마피아는 밀수나 도난품 판매 외에 상점이나 기업을 보호하고 그 대가를 징수하는 보호료 비즈니스도 하고 있다. 그 점포가 습격당하면, 경제 기반과 지원자의 신용을 한 번에 잃는다.

양식점 아저씨의 얼굴이 살짝 떠올랐다. 그 가게는 나의 많지 않은 담당 점포다.

"아직 작은 상점은 뒤로 미뤄둔 것 같지만 말이지." 내 마음을 읽었다는 듯이 다자이가 말했다. "미믹은 지금까지의 녀석들과는 달라. 그 사람들은 무시무시하게 빠르고 공격이 가차가 없는데, 소리도 없이 나타나지. 본거지를 습격하려고 해도, 홀연히 나타나 사라지니, 기습을 할 수가 없어. 마치 유령을 상대하는 것 같아. 진짜 '회색 유령'을 말이야."

나는 미믹의 저격수와 안고가 감금되어 있던 폐허를 생각해 보았다. 분명히 그들의 존재는 어딘가 유령 같은 면이 있었다.

유령 부대.

악랄한 마피아의 영혼까지 먹어 치우려는 악령.

"녀석들의 공격 패턴은 아직 확실하게 파악하기 힘들어. 하지만 진심으로 마피아의 구역을 빈 터로 만들 생각이야. 지옥의 망령도 그렇게 미친 짓은 안 할 텐데 말이지. 아쿠타가와를 비롯해, 전투 담당 조직원들이 대오를 짜서 대항하고 있기는 하지만…… 이쪽은 아직 적의 두목이 어떤 능력을 가지고 있는지도 모르니, 많이 불리해."

"그 아쿠타가와라는 이능력자는…… 분명 너의 부하였지?" 내가 기억을 더듬으며 말했다. "꽤 공격적인 능력을 지니고 있다고 들었는데…… 그 녀석도 대항하기 힘든 건가?"

"아쿠타가와는 말이야, 칼집이 없는 도검이라 할 수 있어." 다자이는 생긋 웃으며 말했다. "아쿠타가와는 머지않아 마피아 최강의 이능력자가 되겠지. 하지만 지금은 누군가가 칼을 칼집에 넣는 법을 가르쳐 줘야 해."

나는 깜짝 놀랐다. 다자이가 이토록 거리낌 없이 부하를 칭찬하기는 처음이었기 때문이다.

"그렇게 뛰어난가?"

"처음 빈민가에서 발견했을 때는 전율이 일었을 정도였어. 녀석의 재능은 차원이 달라. 지니고 있는 이능력은 어마어마하게 파괴적이지. 게다가 그 녀석도 상당히 고집이 세. 그냥 놔두면 힘을 제어하지 못하고 머지않아 자멸하고 말 거야."

다자이는 직접 나서서 누군가를 부하로 삼지 않는다. 굶어 죽기 직전의 빈민가 출신 소년이라면 더욱더 부하로 삼을 리 없는 존재다. 그런데 아무래도 다자이에게는 다자이 나름의 생각이 있는 듯했다.

"다시 하던 얘기를 마저 하지. 당분간은 역시 미믹이 가장 큰 위협이야. 소집된 5대 간부회에서 마피아의 모든 전력을 총동원해 미믹을 요격하기로 결정했을 정도지. 엄중한 경계 태세야."

5대 간부회는 마피아 전체의 방향을 결정하는 매우 강제력이 강한 의사결정 회의다. 이번 소집은 분명히 지난 용두 항쟁 이후로 처음이다. 미믹의 위협이 얼마나 강한지 새삼 깨닫게 해 주는 일이었다.

"검은 특수부대의 노림수가 뭔지는 아직 잘 몰라." 다자이가 말했다. "하지만 오다 사쿠에게 한 행동을 보니, 지금 당장 이빨을 드러내며 습격해 오지는 않을 것 같아. 역시 위협은 미믹이야. 방금 전에 아쿠타가와를 비롯한 내 부하들이 기습을 당한 모양이더군. 마치 독사를 먹는 짐승 같아. 미술관 앞의 큰길에서 항쟁을——."

다자이의 말을 들으면서 나는 침대 아래로 내려갔다. 손가락이 아직 가볍게 마비되어 있는 듯한 느낌이 들었지만, 전투에 지장은 없을 듯했다.

"오다 사쿠, 설마 바로 갈 생각인가?" 다자이가 나무라듯이 말했다.

"마피아의 모든 전력을 총동원해 요격해야 한다며?" 나는 벽에 걸린 외투를 입으면서 대답했다.

"오다 사쿠는 항쟁 따위엔 관심이 없는 줄 알았어." 다자이가 웃으며 말했다.

"없다." 나는 권총 하네스를 몸에 걸치며 말했다. "하지만 소소한 일이 가슴을 쿡쿡 찌를 때도 있는 법이지. 두 사람에게 빚을 진 일이라든가 말이야."

나는 준비를 끝내고 방을 가로질러 갔다. 다자이는 아무 말 없이 나를 바라보았다.

병실 출구에 다다랐을 때, 다자이가 나에게 무언가를 던져 주었다.

나는 그것을 받아 들었다. 금속음이 나는 물건이었다.

손을 벌려 보니, 그것은 내 자동차의 열쇠였다.

그리고 다자이가 입을 열었다.

"빚을 진 것 정도야 그냥 잊어버리면 돼. 상대도 무엇을 빌려 줬는지 기억을 못 하고 있거든."

"내가 그냥 잊어버리기 힘들어서 그런 거야." 나는 돌아서서 말했다. "다자이, 너는 이번 사건 때 나를 몇 번이나 도와 줬잖아. 그런데 이번엔 네 부하가 습격을 당했다면서? 도와 줘야지."

"겨우 그 정도 가지고 빚이라고 생각하다니. 오히려 내가 상처를 받아." 다자이는 힘없이 웃었다. "그런데 빚을 진 또 한 사람은 누구지?"

나는 그 질문에는 대답하지 않은 채 문을 열고 병실 밖으로 나갔다.

다자이도 더 이상은 캐묻지 않고 나를 보내 주었다.

말을 할 것도 없이 우리의 생각은 똑같았다.

✖   ✖   ✖

흰 신전 앞에서 두 세력이 총격전을 펼쳤다.

회색 누더기를 걸친 미믹의 병사들과 검은 양복에 검은 안경을 쓴 마피아 조직원이다. 양쪽 모두 해외에서 만든 자동 권총을 쏘았다. 총알이 광장을 오갔고, 흰 기둥이 얼음 세공품처럼 깎여서 이리저리 튀었다.

그곳은 미술관의 앞쪽 정원이었다. 알라바스터 외벽을 지닌 사각 건물이 하늘을 찌르듯이 솟아 있었고, 디지털 공간을 떠올리게 하는 정사각형 돌바닥이 앞쪽 정원을 가득 메우고 있었다. 그리고 가득 들어찬 흰 둥근 기둥이 총격전의 차폐물이 되어 잇달아 부서져 갔다.

마피아는 네 명, 미믹은 아홉 명. 질, 양, 경험 모두 미믹이 압도적이어서 마피아는 계속 뒤로 밀렸다.

미믹의 부대가 협공을 하며 십자포화를 퍼부었기 때문에 마피아는 두 갈래로 나뉘어 대항했다. 마피아 중 한 사람이 큰 소리로 지시를 내리면, 나머지가 응전을 했고, 그러면서 미술관 건물 안으로 후퇴했다. 한편 미믹은 소리도 내지 않고 그저 묵묵히 적을 사냥하기 위해 전진했다.

적을 쫓아 처음으로 미술관 안으로 발을 내디딘 병사가 무언가를 눈치채고 번쩍 고개를 들었다. 그리고 그게 그의 마지막 행동이었다.

"예술 감상은 선호하지 않는 건가?"

병사의 목이 날아갔다.

목은 옆쪽 벽에 부딪쳤다가 다시 그 자신의 발밑에 와서 굴렀다. 잠시 뒤, 예리하게 절단된 목의 단면에서 선혈이 분출되었다.

위에서 검은 그림자가 날아와 착지했다. 바람이 검은 외투를 펄럭이게 만들어 우아하게 부풀어 올랐다.

뒤따라오던 미믹의 병사가 이상한 점을 눈치채고 총을 겨눴다.

"멋을 모르는군. 이곳에는 사람의 정신을 그대로 나타낸 미술품이 있다. 경의를 표해라."

사람 그림자가 몸을 비틀자 검은 외투가 천천히 선회하기 시작했다.

검은 외투는 세 갈래로 나뉘어 각각 질량을 지니지 않은 예리한 칼날이 되어 수평으로 날아갔다.

일단 소총이 절단되었다. 그리고 예리하게 잘린 절단면에서 총 안의 부품들이 흘러나왔다.

그 다음으로는 총을 들고 있었던 손가락이 흘러 떨어졌다. 손가락 몇 개가 소리도 없이 흘러서 툭툭 바닥에 떨어졌다.

마지막으로 총을 들고 있던 미미 병사의 가슴도 옆으로 미끄러지더니, 상반신이 앞으로, 하반신이 뒤로 기울어 쓰러졌다.

운 좋게도 검은 칼날의 학살 범위에서 벗어나 있던 남은 병사들은 일제히 검은 외투에게 총구를 겨누고 방아쇠를 당겼다.

"총 따위는 어리석은 자의 무기."

검은 외투를 입은 그림자——— 아쿠타가와는 한 발을 더 내디뎠다.

자동권총에서 발사된 초당 열두 발의 총알과 어둠을 굳힌 듯 아무 소리도 없는 검은 칼날이 서로 교차했다.

총알은 아쿠타가와에게 닿기 직전에 모두 절단되었다. 남은 총알은 아쿠타가와의 바로 코앞에서 투명한 벽에 충돌해 멈춰버렸다. 아쿠타가와가 공간을 절단해 방어를 한 것이다.

아쿠타가와가 몸을 비틀었다. 그리고 그에 호응하듯이 검은 살육의 칼날이 공중에서 춤을 추었다.

어떤 자는 얼굴을, 어떤 자는 몸통을, 어떤 자는 양다리를 절단당했다. 그런데도 검은 칼날의 어지러운 춤은 멈추지 않았다. 마치 살아 있는 생물처럼 공간을 날아간 칼날은 범위 안에 있는 모든 것을 잘게 써는 포학한 검은 폭풍으로 변했다. 그것은 파괴와 살육에 특화된, 오로지 죽이기 위한 이능력이었다.

아쿠타가와는 웃었다.

비유하자면 회색 유령을 먹어 치우는 칠흑 같은 악귀 그 자체였다.

"후퇴하라!"

살아남은 미믹 병사들은 안색이 변해 거리를 벌리더니, 뒤로 후퇴했다.

"물러서지 마라! 나랑 싸워라!"

아쿠타가와가 그렇게 외치며 병사들을 쫓았다. 총알과 검은 창이 전쟁터에 어지럽게 얽혔다.

"아직이다. 이 정도로는 고난이라고 할 수 없다! 더 큰 포학한 모습을, 영혼까지 얼어붙을 듯한 흉폭함을 나에게 보여줘라!"

검은 옷을 입은 소년은 절규했다. 그 목소리에서는 어딘가 모르게 애원하는 듯한 울림이 느껴졌다.

그때, 미술관 앞에 미믹의 수송 트럭이 나타나 새로운 미믹 병사를 내려놓았다. 아쿠타가와는 미친개처럼 영악한 웃음을 지었다. 그때였다.

수송 트럭 근처에서 누군가가 신호탄을 쏘아 올렸다.

붉은 꼬리를 늘어뜨리며 빛이 수직으로 올라가더니, 지상의 모든 물건이 그림자를 드리우게 만들었다.

그 순간, 미믹의 사격이 멈추었다.

"아니――?"

아쿠타가와는 당혹스런 표정을 지으며 전쟁터를 돌아보았다. 적은 아무도 총을 겨누고 있지 않았다. 한 사람 한 사람씩 총을 땅에 내려두었다. 이미 양손을 모두 들고 있는 자들도 있었다.

"항복——?" 아쿠타가와는 자신이 보는 광경을 보고도 믿을 수 없다는 듯이 중얼거렸다. "말도 안 돼."

미믹의 병사들 저 너머에서 양손을 든 남자가 한 명 걸어서 다가왔다.

이목구비가 반듯한 병사였다. 옷도 머리카락도, 영혼이 빠져 나간 듯이 창백한 은회색이었다. 옷차림은 다른 병사와 다를 게 없었지만, 다른 병사들보다 훨씬 키가 컸다. 그런데도 불구하고 체중이 전혀 나가지 않는 사람처럼 발소리를 내지 않고 걸었다. 가슴의 군복에는 수많은 색상의 전투 훈장이 장식되어 있었다. 감정 없는 눈이 아쿠타가와를 가만히 바라보았다.

마피아 조직원들도 어떻게 하면 좋을지 알 수 없어 아무런 대비도 없이 다가오는 남자에게 총구만을 겨눈 채, 당황스러워 했다.

"총알이 통하지 않는 검은 옷을 두른 이능력자가 자네인가……."

키가 큰 남자가 거의 입을 움직이지 않으며 말했다. 그 목소리는 굽이치는 바람소리처럼 어디에서 들려오는지 정확하게 파악하기가 힘들었다.

"네놈은 누구냐?"

"지휘관. ……미믹의 대장이다."

그 말을 들은 순간, 마피아의 조직원들은 일제히 달려가 적을 향해 총을 겨누었다.

미믹의 지휘관은 시선조차 움직이지 않았다.

"지휘관이 선두에 서서 투항? 정말 특이한 마음가짐이지만 믿을 수 없군. ──아니, 마음에 안 든다."

아쿠타가와의 외투가 검은 띠가 되어 날아가더니, 미믹의 지휘관이라는 사람의 팔과 다리를 붙들어 매고 무릎을 꿇게 만들었다.

"미믹의 대장, 이름을 대라."

"내 이름은 지드. 앙드레 지드. 너와…… 승부를 겨루기 위해 왔다." 지휘관은 전혀 동요하는 기색도 없이 조용한 목소리로 말했다.

"미믹의 대장 스스로가 나와 겨루기 위해 왔다고? 그게 사실이라면 아주 큰 영광이지만, 믿을 수 없군. 묻지도 않은 말을 주절주절 늘어놓는 사람의 말이라 더욱더." 아쿠타가와는 상대에게 차가운 시선을 내던지며 말했다. "미믹의 대장이여. 왜 내가 네놈의 목을 따지 않았는지 알겠나?"

"글쎄…… 그런 명령을 받았기 때문이 아닌가?"

아쿠타가와가 지드의 얼굴을 강하게 때렸다. 양손과 양다리가 묶여 그 공격을 피하지 못한 지드는 아쿠타가와에게 얻어맞자마자 입 끝에서 피를 흘렸다.

"네놈의 목을 따지 않은 이유는 미믹의 대장이 이능력자라는 이야기를 들었기 때문이다." 아쿠타가와는 지드의 허리에 꽂힌 구식 권총을 빼앗아 지드를 향해 겨누었다. "납 구슬을 흩뿌릴 뿐인 피라미를 아무리 죽여도 그 사람은 나를 인정해 주지 않는다. 네놈의 이능력을 선보여 봐라. 그 힘이 진짜라면 원하는 대로 너와 겨뤄 주마."

지드는 계속 아쿠타가와와 총을 바라보았다. 그리고 신음 소리를 내듯이 말했다.

"검은 외투를 조종하는 것…… 그게 너의 이능력인가?" 지드는 자신의 손발을 묶은 검은 천을 바라보면서 말했다. "틈이 없는 뛰어난 이능력이군. 하지만…… 부족하다. 우리의 영혼을 원죄에서 해방시켜 주기엔 부족해. ……조금 기대가 지나쳤던 모양이군."

아쿠타가와의 얼굴 가죽이 다이아몬드처럼 일그러졌다. 호흡이 멈추었고, 몸의 어딘가에서 핏대가 서는 소리가 들렸다.

아쿠타가와의 대답은 번쩍이는 검은 칼날이었다.

상대의 양손과 양발을 묶어 피할 수 없게 만든 상태에서 날린 일격. 지드는 긴장도 하지 않은 채, 몸을 앞으로 기울이더니 고개를 저었다.

검은 칼날이 지드의 머리 양쪽을 아슬아슬하게 통과해 갔다. 그리고 머리카락이 몇 가닥인가 잘려 공중에 날렸다. 휘저은 지드의 머리끝이 아쿠타가와가 빼앗아 손에 든 구식 권총을 스쳤다. 권총은 아쿠타가와의 손에서 떨어졌고, 그러는 사이에 손가락이 방아쇠에 닿아 총이 발사되었다.

지드를 묶고 있던 검은 띠가 그에 반응해 아쿠타가와를 향해 날아오는 총알을 감싸 멈추게 했다. 하지만 그 때문에 지드의 왼손이 자유로워졌다.

지드는 군복 안에 권총을 한 정 더 가지고 있었다. 그는 왼손으로 권총을 빼내더니, 갑작스런 사태에 제대로 반응을 못하고 있던 마피아 조직원 한 명을 향해 총을 발사했다. 총알은 마피아의 어깨에 맞았고, 그 진동으로 마피아의 자동소총이 마구 난사되기 시작했다.

경련을 일으키듯 발사된 마파이의 총알은 세 발. 그 중 한 발이 아쿠타가와의 팔을 관통했다. 남은 두 발은 다른 마피아의 흉부에 명중됐다. 치명상이었다.

"아니——?!"

아쿠타가와는 팔에 총을 맞은 충격 때문에 반사적으로 이능력을 방어로 전환했다. 그때 지드의 총격. 공간 절단이 날아오는 총알을 막았지만, 그 대가로 지드를 묶고 있던 검은천이 풀려 지드는 완전히 자유를 되찾았다.

지드는 굴러다니던 자신의 총을 주워들었다. 그리고부터는 일방적인 학살이었다.

눈에 보이는 신기한 힘이 발동된 것은 아니었다. 총알이 꺾여 날아온 것도 아니었고, 번개나 불꽃이 날아든 것도, 몸이 갑자기 자유롭게 움직이지 못한 것도 아니었다. 거리가 아주 가깝다는 것을 제외하면 몇 번이나 반복해서 경험했던 총격전과 똑같았다. 그 결과를 제외하면.

지드는 쓰러지듯이 몸을 회전시키면서 양손에 쥔 권총을 발사했다. 모든 총알이 빨려 들어가듯이 마피아 조직원의 급소에 명중되었다. 방어에 성공한 사람은 아쿠타가와뿐이었지만, 그것은 방어를 했다기보다는 상대가 일부러 방어를 하게 만들었다고 부를 수밖에 없는 상황이었다.

"이게 대체 뭐지? 이게—— 이능력인가?"

총구의 불꽃이 지드 주변에서 번쩍였다. 소총의 반격과 아쿠타가와의 검은 칼날을 지드는 모두 피해 버렸다. 최소한의 움직임, 벌레를 피하는 정도의 움직임만으로.

지드의 총알 하나가 드디어 아쿠타가와의 방어를 뚫고 배에 닿았다. 아쿠타가와가 그 충격으로 몸을 뒤로 젖혔다.

아쿠타가와가 피가 섞인 기침을 하면서 후퇴했다. 검은 천을 팔과 복부의 상처에 둘러 붕대처럼 바로 지혈을 하기 시작했다. 하지만 그 때문에 공격을 방어해야 할 천이 줄어들어 상황은 더욱 아쿠타가와에게 불리해졌다.

"이럴 수가—— 나를 능가하는 파괴력을 가진 이능력이라니!"

"부럽군, 마피아의 이능력자여…… 그 말은 내가 했어야 하는 말인데." 지드는 양손에 총을 들고 일어섰다. "네가 더 실력이 뛰어났다면. 아니, 충분한 경험을 쌓았다면 또 달랐을지도 모르지. 하지만 지금은 검은 집오리의 새끼에 불과하군."

"나를 조롱하는 거냐——?!" 아쿠타가와의 머리털이 곤두섰다. 그리고 검은 천이 소용돌이치더니, 음속으로 뾰쪽한 침을 날렸다.

하지만 날아가지 않았다. 천은 기술을 발동하기 직전에 총알에 튕겨 나갔다. 기술이 발동되는 순간을 노리고 지드가 총알을 쏜 것이다.

"네 이놈…… 내 움직임을 읽을 수 있는 건가……?!"

"우리는 미믹." 지드가 아쿠타가와에게 총을 겨눴다. "우리는 유령. '유령 부대'. 신이 은총을 내려 주시지 않는 원령 군단. 진정한 적이 우리의 영혼을 구제해 주기까지 더러운 피 속에서 계속 행군하겠다."

아쿠타가와는 순간, 지드의 그 기척에 압도되었다. 지드의 말이 연기나 허세가 아니라 자신이 생각하고 있는 진실을 말하고 있다는 사실을 깨달았기 때문이다.

"……대답해라, 미믹의 대장." 자신에게 총을 겨눈 지드에게 아쿠타가와가 조용히 말했다. "마피아의 세력권을 공격하는 이유가 뭐지?"

"이유는 없다." 지드는 곧바로 대답했다. "유령은 아무것도 원하지 않는다. 원하는 것이 있다면 그 영혼의 소멸뿐. 전에는 '시계탑의 종기사'가 그 일을 이뤄 주길 바랐다. 하지만 지금은 너희들이 그 역할을 해 주길 원하고 있다. ……마지막으로 할 말은 있는가, 검은 옷을 입은 이능력자여."

"죽여라." 아쿠타가와는 눈을 감고 엷게 웃었다. "네놈의 그 마음은── 잘 안다. 네놈의 원하는 '적'이 되어 주지 못해, 미안할 따름이다."

"잘 가거라."

지드가 손가락을 굽혀 총을 쏘았다.

아니, 쏘지 못했다.

쏘기 직전, 지드가 튕겨 나가듯이 회피 동작을 취했다.

권총을 위로 든 채, 무언가를 피하듯 몸을 뒤로 젖혔다.

하지만 그럼에도 오다 사쿠가 발사한 총알은 치드의 권총을 튕겨내 버렸다.

✖   ✖   ✖

내 총알이 적의 권총에 명중되었다. 권총은 땅에 떨어져 굴렀다.

미믹의 지휘관으로 추정되는 남자는 상당히 당황스러워하는 듯했다. 이 거리에서 정확하게 무기를 튕겨 낸 게 놀라웠기 때문인지도 모른다. 하지만 다른 이유 때문에 놀라워하는 것처럼도 보였다. 상대는 내가 총을 쏘기 직전에 무언가를 피하려고 했는데, 그게 좀 신경 쓰였다.

멍하니 생각만 하고 있을 수는 없었던 나는 총격으로 견제하면서 적에게 달려갔다. 적이 반격하려고 총을 쐈지만, 나에겐 그 궤도가 이미 '보였다'.

머리를 향해 날아온 총알을 목을 기울여 피했다. 내가 반격한 총알을 상대도 역시 마찬가지로 목을 기울여 피했다.

피했다?

"마피아의 증원 부대인가……!"

서로 총을 맞지 않은 채 접근해, 상대의 총을 붙잡을 수 있을 거리만큼 가까워졌다. 그리고 실제로도 총을 잡으려고 했다. 하지만 미믹의 지휘관은 손목을 비틀어 내 손을 피했다.

조금 전부터 참으로 기묘한 반응이다. 이쪽의 동작을 읽고 있다.

나는 적을 제압하기를 바로 포기한 뒤, 아직 숨이 붙어 있는 마피아의 조직원을 찾았다. 대부분이 숨이 끊어져 있었지만, 검은 옷을 입은 소년만큼은 아직 의식이 있었다. 분명히 아쿠타가와라고 했던 소년이었다.

"도망치자!"

"뭘 하는 거지?!"

나는 저항하는 아쿠타가와를 들쳐 업고 후퇴하기 위해 달렸다. 아쿠타가와는 가벼웠다. 마른 나무 같았다. 이런 몸이니, 계속 피를 흘리면 순식간에 미라가 되겠지.

순간 자동소총의 집중 포화가 나를 환영해 주었다. 미믹의 병사들이다.

그 공격을 예상하고 있던 나는 아쿠타가와와 함께 옆으로 이동해 총알을 피했다. 상처가 벌어져 아쿠타가와가 고통스러워했지만, 위로를 해 줄 여유는 없었다. 나는 달리면서 상대를 향해 위협사격을 했다. 그리고 미믹의 병사들이 경계를 하는 사이에 나는 옆에 있는 인공림 쪽으로 달려갔다.

인공림에서도 나는 계속 달렸다. 등 뒤에서는 추격하라고 외치는 소리가 들렸다. 인공림에는 낙엽송이 드문드문 심겨 있었다. 이곳이라면 적의 총알도 쉽게 닿지 않는다. 하지만 이 앞이 막다른 길이 아니라는 보증은 그 어디에도 없었다.

"미안하지만 내려 주겠다. 스스로 달릴 수 있겠나?"

나는 아쿠타가와를 땅에 내려 주었다. 아쿠타가와의 복부 상처에서 새로운 피가 스며 나왔다. 아쿠타가와는 잡초가 우거진 검은 흙 위에 무릎을 꿇었다.

"내 이름은 오다 사쿠노스케로 다자이의 친구다. 너를 이 지옥의 불가마에서 구해 주러 왔지."

나는 아쿠타가와에게 손을 내밀었다. 하지만 아쿠타가와는 배의 상처를 꽉 누른 채 움직이지 않았다. 이능력은 공격과 방어 모두 매우 강력하지만 몸 자체는 쇠약한 듯했다.

문득 영상이 보였다.

나는 그 영상을 보자마자 몸을 크게 뒤로 젖혔다.

순간적으로 내 머리가 있었던 장소를 검은 섬광 같은 칼날이 꿰뚫었다.

"네놈의 이름은 들어서 알고 있다. 일개 말단 조직원이지."

아쿠타가와가 거친 숨을 내쉬며 말했다. 아쿠타가와의 시선에는 당장에 나를 물어 죽일 듯한 분노가 서려 있었다.

"그래, 맞다."

"다자이 씨의…… 그 사람의 친구라고?" 날카로운 눈빛이 나를 꿰뚫었다. 무언가가 아쿠타가와의 마음을 새카맣게 불타게 만들고 있는 듯했다.

"그래." 나는 대답했다.

"다자이 씨는 말했다. 나는 백 년이 지나도 네놈을 이길 수 없다고 말이다." 아쿠타가와의 살기가 폭발적으로 부풀어 올랐다.

"그 사람이 거짓말을 할 리가 없다. 그렇기에 더욱더 네놈을 용서할 수 없다. 내가 말단 조직원보다도 못하다는 건가? ──왜? 왜? 왜?!"

검은 천이 세 개의 줄이 되어 날아왔다. 미리 봐서 알고 있던 나는 옆으로 굴러 그 공격을 피했다. 내 뒤에서 검은 칼날에 절단된 나무가 우지끈 소리를 내며 쓰러졌다.

"같은 편끼리 싸우는 동안에 녀석들이 밀려들 거다."

"왜지?! 왜 다자이 씨는 나를……!!"

나는 얼굴이 땅에 닿을 듯이 몸을 깊숙이 숙였다. 나무를 자르고 돌아온 검은 천이 뒤에서 내 머리 위를 가르고 지나갔다. 그리고 또 나무가 쓰러졌다.

정말 어마어마한 이능력이다. 사정거리도 속도도 흠 잡을 데가 없다. 무엇보다도 닿은 것을 모두 잘라 버리는 그 칼은 이미 마피아 내에서도 첫째를 다툴 정도로 엄청난 파괴력을 지니고 있었다. 이 나이에 이 정도라니, 등골이 오싹할 정도의 재능이다. 그 다자이가 곁에 두면서 키우고 싶어 하는 이유가 절로 이해되었다.

하지만 지금은 그런 일에 감탄하고 있을 틈이 없었다.

나는 아쿠타가와를 향해 총을 쏘았다. 날리지 않고 남겨 둔 것으로 보이는 검은 천이 공간을 가로로 자르자, 총알이 절단면에 박혀 정지했다.

그렇게 방어할 것이라는 사실을 미리 알고 있던 나는 그 틈에 아쿠타가와의 옆으로 돌아가 부상을 입은 아쿠타가와의

팔을 인정사정없이 발로 찼다.

"큭……?!"

극심한 통증에 아쿠타가와가 몸을 비틀며 의식을 잃었다. 이미 이능력을 연속적으로 사용한 상황, 그것도 익숙하지 않은 공간 절단 방어를 연속으로 사용해 의식이 끊어져 가던 아쿠타가와는 총상을 입은 곳을 발로 가격당하자 극심한 통증을 이기지 못하고 허무하게 기절해 버렸다.

원래부터 한계에 달해 있었던 것이다.

다자이의 스파르타식 교육은 매우 가혹하다고 들었다. 하지만 덕분에 실력은 급격하게 늘지 몰라도, 아쿠타가와는 아직 소년이다. 미믹의 병사들, 이능력자인 지휘관, 그리고 나와 연속으로 싸워 정신적으로는 이미 한계에 달해, 언제 기절을 해도 이상하지 않을 상황이었을 게 틀림없다. 이 집념은 대체 어디에서 오는 것일까.

'왜 다자이 씨는 나를……!!'

궁지에 내몰린 듯이 절규하는 아쿠타가와의 분노한 목소리, 그 표정 속에서도 살짝 엿보였던 분노 이외의 감정이 조금 신경 쓰였다.

"예감이 들었다…… 이 나라에서 그 이능력자를 만날 것 같다는 예감."

"무슨 이야기지?" 나는 뒤를 돌아보았다.

인공림 입구에 사람이 있었다. 미믹의 지휘관, 그리고 병사 세 명이었다.

총소리는 전혀 들리지 않았다. 그 탓에 우리가 서 있는 숲 안에서는 평온함마저 느껴졌다.

"나는 앙드레 지드. 우리 유령의 영혼을 해방시켜 줄 자를…… 찾아왔다."

지휘관인 남자가 말했다. 꽤나 반듯한 이목구비를 자랑하는 남자였다. 고급 양복을 입고 와인을 들고 있으면 스크린에 등장하는 영화배우처럼 보일 듯했다. 하지만 그 목소리는 몇십 년 전 옛날에 발해진 듯한 울림이었다.

"그런가. 아는 장의사라면 할인 요금으로 소개해 줄 수 있다만."

"필요 없다…… 방금 발견했으니까."

동시에 지드는 권총을 쐈다. 내 미간을 향해서. 총알은 아주 정확하게 날아왔다. 하지만 어디로 날아올지 5초 전에 알 수 있으니, 피하는 것 자체는 쉬웠다.

나는 오른쪽으로 반 발짝을 이동했다.

내 미간과 심장에 총알이 명중했다. 대인살상용 할로 포인트가 두개골을 파괴했다. 후두부의 안쪽을 총알이 때렸고, 그 충격으로 머리가 뒤쪽으로 튀어 나갔다.

거기서 영상이 끝났다.

이능력에 의한 예지였다. 내심 혼란을 억누르면서 나는 재빨리 영상과는 반대쪽인 왼편으로 이동했다. 하지만 피하자마자 총알이 두개골에 박혔다. 머리의 안쪽이 충격으로 흔들리며 부드럽고 눅눅한 소리가 오른쪽 귀와 왼쪽 귀에 울려 퍼졌다.

그곳에서 영상이 끝났다.

나는 멍하니 서 있었다.

지드는 총을 겨눈 채 처음과 똑같은 자세를 유지하고 있었다. 아직 총에 맞지도 않았다.

나는 수압이 강한 물속에 갑자기 잠겨 들어간 듯한 혼란에 빠져 들었다.

무슨 일이 일어난 거지?

"너의 혼란은 나의 혼란이기도 하다." 지드가 총을 내리고 말했다. "왜냐하면 너 역시 현재의 나와 완전히 똑같은 일을 할 수 있기 때문이다. 몇 초 후에 일어날 자신의 위기를 볼 수 있는 능력. 나에게는 지금 네가 오른쪽으로 피하는 미래가 보였다. 그에 맞춰 목표를 수정했다. 하지만 너는 그 미래를 '보고' 피하는 방향을 반대로 수정했다. 나에게는 그것도 보였다. ……내가 무슨 말을 하는지 알겠나?"

똑같은 능력——?

"너의 미래 예측은 만능이다. 너를 죽일 수 있는 사람은 존재하지 않겠지…… 나를 제외하고는." 지드는 뺨을 실룩이더니, 입술을 옆으로 가늘게 끌어올렸다. 미소를 짓고 있는 듯하다. "그리고 나를 죽일 수 있는 인간도 역시 오로지 너뿐이다. 너는 이 항쟁을 멈추게 할 수 있는 유일한 사람인 것이다."

지드의 웃음, 그것은 진심이었다. 신경에 아주 차가운 독이 주입되는 듯한 기분이 들었다.

나는 거의 반사적으로 지드를 향해 총을 쏘았다.

"좋아, 그거다." 지드는 애원하듯이 말했다. "그 총알만이 이 전쟁을 멈추게 할 수 있다. 너는 마피아의 조직원이다. 그렇다면 적의 두목인 나를 쏘는 것이야말로 네가 해야 할 일."

내가 들고 있는 총의 총구는 지드를 향해 있었다. 지드의 말은 아주 당연한 말이었다. 미래를 읽는 능력자끼리 싸우면 누가 이길지 전혀 예측할 수 없다. 하지만 나 이외의 마피아 조직원들은 녀석에게 식은땀조차 흘리게 할 수 없겠지.

나는 숨을 들이쉬었다가 숨을 내뱉었다. 총구는 계속 적을 향해 있었다.

그리고 나는 총을 거뒀다.

"거절한다." 나는 말했다. "나는 동료를 구하러 왔을 뿐이다. 사실을 말하면 벌써 몇 년이나 사람을 죽인 적이 없다."

"……………………뭐라고?" 지드의 목소리에 처음으로 동요한 듯한 울림이 섞였다. "너는…… 마피아가 아니었던 건가?"

"마피아도 이런저런 사람이 있는 법이지."

"총은 사람을 죽이는 도구다. 그리고 이곳은 전쟁터다." 지드는 서서히 거친 목소리를 내기 시작했다. "그렇다면 전쟁을 해야 하지 않겠나! 사력을 다해 영혼을 깎아 내는 전쟁을 해야 한다! 총알 한 발이면 전쟁이 시작된다고 하지 않나. 네가 쏘지 않더라도 이쪽이 쏘면 반격을 할 수밖에 없겠지!"

지드가 권총을 겨눴다. 지드의 사격 실력이 얼마나 정확한

지는 조금 전에 막 '본' 참이다.

"다들 싸움에 흥미를 갖는군. 흥미진진해." 나는 말했다. "하지만 나는 흥미가 없다. 내 관심사는 사는 것이다. 당신들은 왜 사는가, 무엇이 당신들을 싸움으로 내모는가. 나에게 중요한 것은 그쪽이다. 죽으면 영원히 잃어버리는 종류의 정보지."

"죽는 것보다 중요한 삶 따윈 존재하지 않아!"

지드가 방아쇠를 당겼다.

영상이 보였다.

뒤로 몸을 젖혀 피하는 내 몸에 총알이 명중했다. 웅크려 피하는 나에게 총알이 명중했다. 몸을 옆으로 돌려 피하는 내 몸에 총알이 명중했다. 그 모든 게 겹쳐진 상태가 머릿속으로 흘러들어 왔다.

이렇게 되면 예지 능력은 아무런 도움이 되지 않는다.

나는 총알에 맞는 면적을 좁히기 위해 앞쪽의 지면을 향해 뛰어들었다. 적의 총알은 내 관자놀이 근처의 피부를 살짝 스치고 뒤쪽으로 날아갔다.

지드의 부하들인 미믹의 병사들이 지휘관에 맞춰 일제히 자동소총을 쏘았다.

이쪽은 쉽게 예측할 수 있었다. 나는 흙 위를 굴러 비처럼 쏟아지는 총알을 피했다. 그리고 구르면서 두 정의 총으로 대응 사격을 했다. 아무에게도 맞지 않도록 조준한 위협사격이었다.

아쿠타가와의 옆까지 굴러서 이동한 나는 무릎으로 서서 총을 겨눴다.

 "일부러…… 맞추지 않았단 말인가?" 지드의 얼굴이 검게 변했다. "이런 것이…… 이런 것이 우리가 원하던 전투였다고 생각하는 건가? 무엇을 위해, 무엇을 위해 나와 부하들이 지금까지 싸워왔다고 생각하는 거냐……."

 "기껏 일본까지 왔는데 미안하지만, 나에게는 살인을 하지 않는 이유가 있다. 다른 사람을 찾아 봐."

 "왜지?!" 지드가 외쳤다. "그 전쟁 이후, 나와 부하들은 죽을 만한 가치가 있는 장소를 찾아 원령처럼 전 세계를 헤맸다! 네가 유일한 희망이다! 쏴라, 어서!! 그렇지 않으면……."

 지드의 외침은 공중에 떠올라 허무하게 주변을 떠돌았다. 그 목소리는 무덤 아래에 있는 사람의 목소리 같기도 했고, 필사적으로 살아가려는 사람의 목소리 같기도 했다.

 그 질문에는 대답할 수밖에 없다는 생각이 들었다.

 나는 조용히 지드에게 말했다.

 "내가 너희들의 소원을 들어줄 수 없는 이유는 꿈이 있기 때문이다. 언젠가 마피아에서 손을 씻고 무엇이든 할 수 있는 몸이 되었을 때, 바다가 보이는 방에서 책상 앞에 앉아……."


 ──그럼 네가 써라.

──그게 유일하게 그 소설을 완벽한 상태로 유지하는 방법이니 말이다.

"소설가가 되고 싶거든." 나는 말했다. "총을 버리고 종이와 펜만을 들고서……. 그 사람은 나에게 '소설을 쓰는 것은 사람을 쓰는 것이다.'라고 말했다. ……사람의 생명을 빼앗는 자가 사람의 인생을 쓸 수는 없지. 그래서 나는 더 이상 사람을 죽이지 않기로 결심했다."

순간, 주변에서 수많은 소리가 사라졌다.

바람소리도, 나뭇잎이 스치는 소리도 들리지 않은 채, 세계는 정적으로 가득 찼다.

그 누구에게도── 다자이나 안고에게도 하지 않은 이야기다.

"그게 대답인가?" 지드는 낮은 목소리로 말했다. "그게 우리와 전쟁을 하지 않는 이유란 말인가?"

"그렇다." 내가 대답했다.

나는 지드를 바라보았다. 지드도 나를 바라보았다.

서로의 시선이, 서로의 눈 안쪽에 있는 감정을 읽어 내기 위해 조용히 교차했다.

그리고 나는 교섭에 실패했다는 사실을 깨달았다.

지드가 권총을 기절해 있는 아쿠타가와를 향해 쐈기 때문이다.

기절한 사람을 붙잡고 총알을 피하게 할 수는 없다. 나는 뛰어들 듯이 아쿠타가와 앞에 몸을 내던졌다.

충격이 내 가슴 중앙을 뒤흔들었다. 몸을 옆으로 기울여 도약한 나는 충격으로 몸이 반쯤 돌아간 채 땅에 떨어졌고, 떨어진 뒤에도 더욱 뒤쪽으로 굴렀다.

"살아가는 것이라고? 우리는 이미 죽었다. 영혼이 없는 육체를 망령이 조종하는 것에 지나지 않지. 너 같은 이능력자가 이 육체를 총으로 불태우기를 기다리는 껍데기에 지나지 않는다."

나는 기침을 했고, 그때마다 가슴에 큰 통증이 몰려왔다.

나는 가슴 앞의 옷을 찢어 총알을 확인했다. 총알은 방탄조끼에 걸려 멈춰 있었다. 그래도 금속 해머로 맞은 듯한 충격에 늑골이 비명을 내질렀다.

"너는 아직 안 죽었다." 나는 끊어질 듯한 목소리로 말했다. "예전에 무슨 일이 있었는지는 모르겠지만, 자신이 어떻게 죽을지 천천히 생각해 볼 수는 있겠지."

"왜 모르는 거지…… 너만이 유일한……!"

쥐어짜내듯이 그렇게 말한 지드의 눈동자에서 문득 감정이 사라졌다. 마치 촛불의 불이 사라지듯이. 그리고 그 쥐색 눈동자는 한없이 계속되는 폐허처럼 허무하게 변해 버렸다.

"싸울 생각이 없다면 어쩔 수 없지. 너는 나를 죽일 생각이 없다. 내 바람을 이해하지 못하고 있기 때문에. 그렇다면 나도 너를 죽이지 않겠다. 너만이 우리를 정화해 주는 전쟁터로 이끌어 줄 수 있으니까."

지드의 등 뒤, 인공림 입구에 조금 전 병사들을 수송했던 트럭이 소리도 없이 멈춰 섰다.

지드와 부하 병사들은 조용히 장례식장을 연상케 할 만큼 침통하게 한 명, 한 명 트럭 위에 올라탔다.

떠나기 직전, 지드는 이쪽을 한 번 돌아보았다. 그리고,

"이해하게 해 주마."

라고 말했다. 그 표정은 창백했고, 목소리는 이 세상이 아닌 어딘가에서 들려오는 것처럼 슬픈 울림이 깃들어 있었다.

"나를 이해하게 만들어 주마. 이곳에──." 그렇게 말하며 지드는 손가락으로 자신의 관자놀이를 강하게 눌렀다. "무엇이 있는지 보여 주마. 그러면 진실을 알게 되겠지. 너와 나, 둘 중에 한 명이 죽을 수밖에 없다는 것을 말이야."

지드는 소리도 없이 걸어가더니 트럭 위에 올라 사라져 갔다. 그리고 마지막으로 보는 사람의 피를 얼어붙게 하는 시선을 내던지며,

"기대하고 있어라."

라고 말했다.

✖　✖　✖

그날, 미믹은 더 이상 공격을 해 오지 않았다.

나는 부상자를 옮긴 뒤, 다자이와 조금 이야기를 나눴다.

그리고 내 방에 틀어박혀 생각을 조금 해 보았다. 어둑어둑한 방에서 자신의 심장 소리만을 들으며, 자신 안에 떠오르

는 거품 같은 감정만을 계속 바라보았다.

무언가 예감이 들었다. 이제 곧 커다란 사건이 일어날 것 같
은 예감이. 해가 뜨기 전의 보라색 하늘처럼, 비가 쏟아지기
전에 멀리서 들리는 천둥소리처럼, 곧 일어나게 될 거대한 무
언가에 대한 희미한 전조. 그 예감은 내가 이능력자이기 때문
에 느끼는 것이 아니었다. 사람이라면 누구나가, 거대한 무언
가가 찾아오기 전에 희미하게 느끼는 그 감정이었다.

하지만 사실, 실제로 그 무언가가 자신의 뺨을 때리기 전까
지는 자신이 할 수 있는 일이 거의 아무것도 없었다. 세상은
그렇게 쉽지 않다. 때문에 강해질 수밖에 없는 것이다.

밤이 되었다. 다자이에게 연락이 왔다. 앞으로의 일을 상의
하고 싶으니 올 수 없냐는 연락이었다. 나는 코트를 들고 방
을 나섰다.

"밤은 좋아." 다자이가 말했다. "밤은 마피아의 시간이니까."

나와 다자이는 번화가를 걸었다. 밤을 무대로 살아가는 사
람들이 거리를 침착하게 걸어 다녔다. 낡은 건물에도 새로운
건물에도 똑같이 눅눅한 바닷바람이 불어왔다. 하늘에서는
노란별이 지상의 불빛을 비추듯이 반짝였다.

"어디로 가는 거지?"

"어떤 사람을 만나러." 다자이는 미소 지었다. "그건 그렇
고 참 큰일이었어, 오다 사쿠. 적의 보스를 만나자마자 열렬
한 구애를 받다니. 이거, 주말에는 결혼식을 올리겠는걸?"

"구애를 받은 적은 없어." 없다고 생각한다, 아마도. "단지

전쟁을 위해 전쟁을 하겠다니, 참 이상한 녀석들이야."

"그런가? 자기들 나름의 방법으로 죽고 싶다니, 귀여운 녀석들이잖아. 나는 떠올릴 수 없는 발상이야." 다자이는 즐거운 목소리로 말했다. "하지만 오다 사쿠에게 남기고 간 말은 그냥 흘려들을 수 없어. 다른 전략을 들고 나올지도 모르니까. 부하들에게 오다 사쿠의 주변을 경계하라고 지시해 두지."

"이 항쟁은 언제까지 계속될까?"

"미믹의 병사들이야 어쨌든 지휘관의 이능력은 꽹장히 성가셔. 기습을 해도 효과가 없을 테니까. 그렇다면 내부의 정보가 필요해. 짚이는 데는 없어?"

미믹의 내부 정보—— 그것을 손에 넣기 위해 마피아가 바쁘게 움직였는데, 현재로서는 모두 헛수고로 끝났다.

"안고밖에 없어." 나는 그렇게 말했다. "안고는 몇 년이나 마피아와 미믹의 2중 스파이로 생활했지. 얼마 전에 나에게 말을 해 준 것보다 많은 것을 알고 있을 게 틀림없어."

"나도 마찬가지 의견이야." 다자이가 고개를 끄덕였다.

"안고를 찾을 방법은 없는 건가?"

"있어." 다자이는 아주 쉽게 단언했다.

"그렇군." 나는 고개를 끄덕였다. 그러고 나서 놀랐다. "있다고?"

"솔직히 말하면 찾아 나설 필요도 없지. 저쪽이 기다려 주고 있으니까. 자, 도착했어."

다자이가 가리킨 곳을 올려다보았다.

"이곳인가." 하고 나는 말했다.

"그 외에 어디가 있을까?" 다자이는 쓴웃음을 지었다.

그곳에는 어둑어둑한 밤거리에 작게 등불을 내건, 단골 술집의 흰 간판이 있었다.

나와 다자이는 지하로 이어지는 어둑어둑한 계단을 내려갔다. 희미한 대화 소리가 들렸고, 담배 연기가 흰 파도처럼 발밑에서 소용돌이쳤다. 계단을 밟을 때마다 기분 좋게 끼익거리는 소리가 났다.

생각해 보면 그곳에는 항상 누군가가 있었다. 약속을 한 것도 아니고, 가겠다고 미리 결정해 놓은 것도 아닌데, 신기하게도 친구 중 한 명은 꼭 있어, 내가 들어가면 인사를 해 주었다.

이번에도 마찬가지였다.

"안녕하세요. 먼저 한잔하고 있었습니다."

평소와 똑같은 자리에서 평소와 똑같은 모습으로 안고가 술잔을 기울이며 인사했다.

나는 바텐더에게 눈으로 신호를 보내고 손가락을 하나 들었다. 바텐더는 눈으로만 대답했다.

나와 다자이는 안고의 옆자리에 걸터앉았다. 나는 말했다.

"연락 정도는 줘도 좋았던 거 아닌가?"

"미행하는 사람을 따돌리느라 고생해서 말이죠." 안고가 쓴웃음을 지었다. "이쪽에도 귀찮은 일이 너무 많아서 마음 대로 이야기할 수 없었어요. 하지만 오늘은 미행하는 사람도 도청기도 없습니다. 마음껏 마실 수 있어요. 그런데 어떻게 이곳에 내가 있다는 걸 알았죠?"

"폭발이 있었던 폐허에 손수건이 떨어져 있었거든." 다자 이가 시익 웃었다. "그 안에 이 가게의 냅킨이 끼워져 있었 어. 그러니 바로 알았지. 정보원인데 의외로 시대착오적인 수법을 쓰기도 하는구나."

그러고 보니 기절하기 전, 안고에게 손수건을 빌려 주었다. 그때 끼워 놓은 건가. 잃어버렸다고만 생각했었는데.

"그게 통하는 사람은 우리뿐이에요." 안고가 말했다. 그리 고 작게 한숨을 내쉬었다. "이곳에서 술을 마시는 일은 두 번 다시 없을 거라고 생각했어요. 저는 운이 좋군요. 그리고 친구 두 사람에게도 그 행운을 나눠 주고 싶어요."

"잠입 초사원치고는 꽤 감상적인걸?" 다자이가 은근 슬쩍 그렇게 말했다.

나는 안고를 바라보았다. 안고는 다자이의 말에 바로 반응 을 보이지 않고, 있는 듯 없는 듯 미소를 짓기만 했다.

"······역시나." 잠시 뒤, 안고가 조용히 그렇게 중얼거렸다.

"안고, 자네는 마피아에 가입하기 전부터 숨기고 있던 정체 가 있었어. 그건 바로 국가의 비밀 기관, 내무성 이능력 특무 과의 에이전트야. 임무는 마피아의 동향을 감시하고 보고하는 것."

"………맞아요." 안고는 깊은 한숨을 내쉬고는 그렇게 말했다.

"제 아무리 국내의 이능력자를 통괄하는 비밀 조직이라고 해도 포트 마피아와 전면적인 싸움을 벌이면 아무런 타격을 받지 않고 넘어가긴 힘들지. 게다가 특무과의 임무는 이능력자의 관리야. 제거가 아니라. 그러니까 마피아의 내부에 에이전트를 잠입시켜 동향을 감시한 거지. 어쩔 수 없이 말이야. 안 그래?"

안고의 마피아 가입 소동은 모두 이능력 특무과가 연출한 연기였다는 건가.

"그때 미믹에 관한 이야기가 나온 거지. 일본에 상륙할 계획이 있던 이능력 범죄 조직 미믹은 특무과에게 있어서도 눈엣가시 같은 존재야. 그래서 특무과는 안고에게 미믹의 동향도 살펴보라고 지시했어. 마피아의 2중 스파이로서 말이지. 물론 문제가 생기면 '검은 특수부대' —— 특무과의 실행 부대가 나서 주기로 했겠지만."

"박봉인 국가 공무원이라 전혀 수지에 맞지 않는 일이었습니다." 안고가 떨떠름한 표정으로 웃었다.

"즉, 안고는 2중 스파이가 아니라 3중 스파이였다는 건가." 내가 그렇게 말했다.

"그래." 다자이가 고개를 끄덕였다. "자, 내가 조사한 진상은 이 정도야. 답답한 이야기는 이쯤하고 한잔 하는 게 어때?"

그때 술잔이 자리 앞쪽에 놓였다.

평소라면 이다음에 건배를 했겠지. 하지만 이번엔 하지 않았다. 아마 다시는 하게 될 일이 없지 않을까.

✖　　✖　　✖

그리고 잠시 뒤, 아무도 이야기를 하지 않았다. 가게에 있는 그 어떤 메뉴보다도 쓰디쓴 침묵이 우리들 사이에 내려왔다.

"그런데." 아무도 이야기를 하지 않으니 어쩔 수 없다는 듯이 안고가 말을 꺼냈다. "이곳에 온 이유는 우리의 변하지 않는 우정을 확인하기 위해서인가요?"

"그럴 리가." 다자이는 입꼬리만 올려서 웃었다. "미믹에 대한 정보를 얻기 위해서야. 알고 있었잖아?"

"신기하네요. 평소와 다를 바 없는 술인데, 맛이 안 나요." 안고는 가만히 술잔을 바라보면서 혼잣말을 중얼거리더니, 나를 보며 물었다. "특무과의 감시반이 지드와 오다 사쿠 씨가 적으로 만났다는 정보를 보내왔어요. 지드의 능력은 보셨나요?"

봤다. 나는 대답했다. 적의 공격을 미리 볼 수 있는 능력.

"특무과도 그 이능력은 어떻게 손을 쓸 도리가 없습니다." 안고는 고개를 저었다. "녀석의 머리 위에 엄청나게 큰 폭탄을 떨어뜨리는 것밖에 수가 없는데…… 지드는 신출귀몰해서 어디에 있는지 알 수가 없어요. 상층부는 이 사건을 완전히 마피아에게 맡길 심산인 듯합니다. 두 조직이 서로 치고 받고 싸우게 됐다가, 살아남은 쪽을 관리하면 특무과에서는 희생자가 한 명도 나오지 않을 테니까요."

이능력 범죄 조직에 골치를 썩고 있는 특무과 입장에서는 일거양득의 묘수인 셈이다.

"그거 참 염치없는 생각이네." 다자이가 불만스럽다는 듯이 말했다. "하지만 마피아도 그 이능력을 제압하기란 어려운 일이야."

그리고 다자이는 슬쩍 나를 바라보았다.

"……물론 말단 조직원 한 사람을 빼면, 말이지만."

"녀석은 많은 전쟁을 겪은 사람으로 수많은 훈련된 병사를 이끄는 지휘관이야." 나는 술잔의 액체에 비친 자신의 얼굴을 보며 말했다. "게다가 내 이능력도, 녀석의 이능력도 결국엔 '몇 초 후를 예측할 수 있는' 힘에 지나지 않아. 누가 먼저 상대를 쓰러뜨릴 수 있는가는 결국 전투와 사격 실력에 달려 있지."

사격 실력—— 즉, 더 멀리서 더 정확하게 상대를 맞출 수 있는 쪽이 이긴다는 말이다.

"오다 사쿠의 사격 실력, 이라." 다자이가 의미심장하게 웃었다.

"확실히 불확실한 요소가 크겠죠. '이능력의 특이점' 문제도 있고요."

"이능력의 특이점?"

"지드에게 이능력을 사용했을 때, 평소와 다른 일이 일어나지 않았나요?"

나는 조금 생각한 뒤에 대답했다. "일어났다."

그때 그, 여러 개의 미래 예측이 겹쳐서 보였던 일이다.

"정부가 아주 최근에야 연구를 시작한 현상이에요." 안고는 진지한 얼굴로 말했다. "여러 이능력이 서로 얽힌 결과, 아주 드물게 전혀 예상하지 못했던 방향으로 능력이 폭주하는 일이 확인되었다나 봐요. 자세한 내용은 모르겠지만…… 예를 들어 '무조건 선제공격을 하는' 이능력을 지닌 두 사람이 싸웠을 경우 어떻게 되는가. '상대를 무조건 속일 수 있는' 이능력자와 '진실을 무조건 꿰뚫어 보는' 이능력자가 대화를 하면 어떻게 되는가. 그 대답은 '실제로 해 보지 않으면 모른다.'예요. 대부분은 두 가지 이능력 중 하나가 이기겠죠. 하지만 가끔 양쪽 모두에 해당하지 않는 현상으로 발전하기도 한다고 해요. 특무과에서는 그걸 '특이점'이라고 불러요."

그때 내가 봤던 것은 특이점이었던 걸까. 아니면 그 특이점은 더 뒤에 따라오게 될 무언가였을까.

"방금 한 이야기는 사실 아무에게도 이야기하면 안 되는 기밀입니다." 안고가 그렇게 말했다. "우리가 만나고 있다는 사실도 내무성의 상층부에 흘러들어 가면 큰 문제가 일어나요. 저도 당분간은 모습을 감춰야겠네요."

다자이가 그 말을 듣고 안고를 바라보았다. 그리고 미소를 지으면서 말했다.

"이거야 원. 마치 자신이 살아서 이곳을 빠져나갈 수 있을 거라고 생각하는 듯한 말투네, 안고."

갑자기 분위기가 얼어붙었다.

안고의 얼굴에서 표정이 점차 사라져 갔다.

다자이는 아직 웃고 있다.

"하지만 그렇잖아? 수수께끼에 싸인 비밀 이능력 기관. 신출귀몰하고, 국내의 모든 이능력 범죄 조직을 떨게 하는 신화적인 존재. 그 일원이 눈앞에 있어. 자네가 자백하게 될 정보를 써 내려가면 아마 사전보다도 더 두꺼워질 거야. 안 그런가?"

나는 무심코 다자이에게 물었다. "이곳을 전쟁터로 만들 셈인가?"

안고는 꼼짝도 하지 않았다. 애매한 웃음을 지은 채 표정이 얼어붙어 있었다. 시선은 핀으로 고정해 놓은 것처럼 다자이를 향한 채였다.

"내 탓이군요." 안고는 포기했다는 듯이 말했다. "내 잘못입니다. 이 장소만큼은 여러분과 신분의 차이를 초월해 만날 수 있는 곳이라고 제멋대로 생각했습니다. 가게에 민폐를 끼칠 수는 없죠. 저항하지 않을 테니 마음대로 해 주세요."

마피아의 고문이 얼마나 가혹한지는 안고도 알고 있을 터였다. 살아서 특무과에 돌아갈 희망은 전혀 없었다.

내가 여기서 안고의 편을 들면 어떻게 될까. 아무것도 변하지 않는다. 다자이가 진심으로 깔아 놓은 포위망을 돌파하는 건 불가능한 일이고, 내가 마피아를 배신하면 양식점의 고아들이 목숨을 잃는다.

"안고." 다자이는 자신의 손을 앞뒤로 점검하듯이 바라보면서 작게 말했다. "연락만 한 번 하면 내 부하들이 바로 주변을 둘러쌀 거야. 하지만 지금은 아직 포위를 하진 않았어. 내 마음이 변하기 전에 어서 사라져."

안고는 무슨 말을 하려다가 그냥 집어삼켰다.

"난 별로 슬프지 않아. 처음부터 다 알고 있었던 거니까." 다자이는 표정을 지우고는 그렇게 말했다. "안고가 특무과이든 아니든 잃고 싶지 않다고 생각한 것은 반드시 잃고 말지. 그렇기 때문에 이제 와서 어떤 특별한 감정을 느끼거나 하진 않아. 손에 넣을 가치가 있는 것은 모두 손에 넣은 순간 언젠가는 반드시 잃어버리고 말지. 쓰디쓴 삶을 억지로 연장하면서까지 손에 넣어야 할 건 아무것도 없어."

나는 가만히 다자이를 바라보았다. 알고 지낸 지 오래되었지만 다자이가 자신에 대해 말해 주긴 이번이 처음이었다. 그 말에서는 다자이의 인생에 깊게 박혀 들어간 거대한 작살 같은 가시가 엿보였다.

"다자이 씨, 오다 사쿠 씨. 저도 여러분과 마찬가지입니다. 겉으로 드러낼 수 없는 일을 맡아서 하는 비공식 조직으로서, 이능력자를 제압하는 이능력자로서, 정부의 어두운 부분에 머리까지 담가 왔습니다. 결코 밝은 곳에서 걸어 다닐 수 없는 인생이죠." 안고는 우리를 보고 말했다. "언젠가 시대가 변하고, 특무과도 마피아도 체질이 변해 우리가 더 자유로워지면—— 또 여기서 한잔 해 주실 수 있으신가요?"

"더 이상은 말하지 마라, 안고." 바로 근처에서 목소리가 들렸다. 그 목소리는 내 목소리였다. "말하지 마."

안고는 상처받은 듯이 고개를 흔들었다. 그리고 느릿하게 바 스툴에서 일어선 뒤, 자신의 발소리에 귀를 기울이듯이 아래를 바라보면서, 천천히 가게 밖으로 나갔다.

이제 두 번 다시 안고와 만나는 일은 없겠지.

안고가 앉아 있었던 자리의 테이블 위에는 다 마시고 텅 비어 버린 술잔 외에 무언가가 하나 더 놓여 있었다.

나는 그것을 들어 다자이에게 보여 주었다.


불과 며칠 전, 이 가게에서 촬영했던 우리의 사진이었다.

사진 안의 우리는 모두 즐겁게 웃고 있었다.

# 4장

　사람의 기분은 날씨의 영향을 받지만 날씨는 이쪽의 기분 따위는 전혀 신경도 쓰지 않는다. 요코하마는 그날, 화창한 햇볕이 내리쬐는 따뜻한 날이었다.

　나는 언짢은 표정을 지은 채 요코하마의 거리를 걸었다. 양 손에 들고 있던 짐 때문에 평소보다 더욱 언짢은 표정으로 보일 게 틀림없었다. 하지만 기분이 나빴던 것은 아니다. 단 순히 균형 감각의 문제였다. 그때 나는 양손으로 안아야 할 만큼 많은 과자와 장난감을 들고 있었다. 싱글싱글 웃으며 옮기기에는 조금 수행이 필요할 정도의 양이었다.

　짐은 아이들에게 줄 선물로, 피난 생활에 질려 있을 아이들에게 주는 공물이라고 할 수 있었다. 다자이가 마련해 준 은 신처에서 따분하게 생활하고 있을 아이들이 이 정도의 뇌물로 웃음을 되찾아 줄까 솔직히 불안했지만. 어른은 충분하다고 생각해도, 아이들은 언제나 불충분하다고 생각한다.

　자전거의 페달을 밟는 젊은 사람이 휘파람을 불며 달려갔다. 어린아이가 그들에게만 보이는 중대한 무언가를 쫓아 엄마를 앞질러 달려갔다. 범죄 조직의 항쟁 따위는 지구 반대편에서 일어나는 일처럼 느껴졌다.

나는 걸으면서 미믹에 대해 생각했다. 죽기 위해 사는 고독한 병사들을.

나를 이해하게 만들어 주겠다. 지드는 그렇게 말했다. 나를 싸움에 말려들게 하려는 저주 같은 말이다. 하지만 동시에 그것은 통절한 어린아이의 외침이기도 했다. 그를 이해할 수 있는 사람은 부하나 적밖에 없다. 그리고 내가 자신을 이해하는 적이 되길 바라고 있다.

미믹과 서로 죽고 죽이는 것이 올바른 일인가, 나는 알 수 없었다. 이대로 가면 마피아나 미믹, 둘 중 하나가 완전히 소멸할 때까지 항쟁은 계속되겠지. 하지만 어떤 형태로든 평화는 불가능한 것일까. 미믹을 이해해 주고, 적당한 선에서 경계선을 긋는 것은 불가능한 일일까.

아이들도 있다. 아이들이 독립해 더 이상 지원을 해 주지 않아도 될 정도가 되면, 나는 마피아를 그만둘 생각이었다. 그게 언제가 될지는 모른다. 하지만 언젠가는 그런 날이 올 게 틀림없다. 아이들은 성인이 되면 사무원이 되고, 기술자가 되고, 또는 구기 종목의 운동선수가 될 테지. 제일 나이가 많은 아이는 나처럼 마피아가 되는 게 꿈이라고 해서, 그게 유일한 걱정이었지만, 어떻게든 설득을 하면 괜찮지 않을까 하는 생각도 든다. 그리고 그때가 되면 나는 겨우 총을 버리고 바다가 보이는 창문 옆 책상 앞에 앉아서 소설을 쓰기 시작하겠지.

나는 사무실 앞까지 와서 일단 멈춰 섰다. 다자이가 아이들을 위해 마련해 준 곳은 마피아의 입김이 닿은 수입 승인 사무실이었다. 바닷가 근처에 있는 파란 2층 건물로, 바닷바람을 맞아 구석구석 녹이 슬어 있었다. 그리고 건물 옆에는 넓은 공동 주차장이 있었고, 그곳에는 이끼색 버스 한 대가 따분하다는 듯이 주차되어 있었다.

얘기에 따르면 다자이는 이곳을 통째로 빌린 뒤, 종업원들을 다른 사무실로 쫓아 보냈다는 모양이었다. 하는 짓이 정말로 극단적인 남자다. 하지만 그건 적이 아이들을 표적으로 삼을 가능성이 높다고 다자이가 판단을 했다는 말이기도 했다.

나는 짐을 껴안고 사무실의 계단을 올랐다. 어떤 장난감을 어떤 아이에게 줄까를 머릿속으로 다시 확인하면서.

나는 복도를 지나 아이들이 있다는 회의실의 문을 열었다.


회의실에는 아무도 없었다.

책상이 뒤집혀 있었고, 벽에는 구멍이 뚫려 있었다. 그리고 바닥에는 무언가 무거운 것이 끌린 자국이 남아 있었고, 바닥에 흩어져 있던 크레용이 커다란 발자국에 짓밟혀 있었다. 투욱 하고 묵직한 무언가가 바닥에 떨어지는 소리가 나서 보니, 내가 들고 있던 짐을 발밑에 떨어뜨려 난 소리였다.

거의 무의식적으로 달렸다. 회의실을 뛰쳐나가 굴러 떨어지듯 계단을 달려 건물 밖으로 나갔다.

주차장에 세워져 있던 이끼색의 작은 버스가 마침 달리기 시작한 참이었다.

나는 그 버스의 뒤쪽 창문을 바라보았다.

창문 커튼의 틈새 사이로 누군가가 손을 뻗는 모습이 보였다. 작은 손이 버스 뒤쪽 창문을 두드렸다. 그 안쪽의 얼굴도 보였다. 얻어맞아 눈이 부은 남자아이의 얼굴이었다.

남자아이는 이쪽을 보고 눈을 휘둥그렇게 떴다. 가장 나이가 많은, 마피아가 되는 게 꿈이라고 말한 남자아이였다. 그 아이는 내 시선을 눈치채자마자 망설임 없이 커튼을 활짝 열었다. 그 뒤로는 모든 아이들의 모습이 보였다. 나에게 그 모습을 보여 주기 위해서, 남자아이는 일단 커튼을 활짝 열어젖힌 것이다.

그 직후, 그 사실을 눈치챈 버스 내의 미믹 병사가 어깨를 붙잡고 남자아이를 힘껏 뒤로 끌어 넘어뜨렸다. 커튼이 난폭하게 닫혀 남자아이의 모습은 더 이상 보이지 않았다.

버스를 향해 달리기 시작했다. 무릎으로 턱을 때릴 것 같은 기세로. 버스는 이쪽이 쫓아온다는 걸 눈치챘는지 속도를 올렸다. 그리고 도로로 나가 달리기 시작했다.

나는 주차장과 도로를 가르는 울타리를 한 손을 짚고 뛰어넘어 버스와 나란히 달렸다. 버스는 점점 속도를 높였다.

반사적으로 코트 안쪽으로 손을 넣었지만, 아차, 오늘은 권총을 두고 왔다. 스스로 생각해도 참 한심한 마피아다.

신호등이 빨간색으로 변하려고 하는 교차점에 다다른 버스는 거의 속도를 줄이지 않은 채 왼쪽으로 꺾어 돌았다. 주위의 자동차가 경적을 울렸다.

나는 버스가 어디로 가는지 보았다. 육교 아래를 지나면 커다란 커브가 있는데, 그 앞은 고속도로로 연결되어 있는 곳이었다. 그곳으로 도망가면 더 이상 쫓아갈 수 없다. 그 전에 결판을 지어야 한다.

나는 근처에 있던 육교를 향해 세 계단씩 뛰어 올랐다. 그리고 육교의 중간까지 달려 그 옆에 있던 고가도로를 향해 뛰어 이동했다.

고가도로에는 방호용 철망이 설치되어 있었다. 나는 떨어지지 않게 철망을 잡은 뒤, 기어 올라가 고가도로 위에 내려섰다.

그리고 나는 고가도로 위를 달려 이동해, 다리 아래의 도로가 교차하는 지점에 다다랐다. 바로 발아래 쪽으로 아이들을 태운 소형 버스가 지금 막 통과하려는 참이었다.

나는 타이밍을 맞춰 뛰어내렸다.

코트의 옷자락이 바람을 받아 부풀어 오르며 팔락거리는 소리를 냈다.

나는 버스보다 조금 더 앞을 달리던 붉은 미니밴의 천장에 착지했다. 착지할 때 무릎과 손을 대어 충격을 줄였다. 차 안에서 누군가가 비명을 지르는 소리가 들렸다.

등 뒤를 돌아보니, 버스와 운전사가 보였다. 운전을 하는 사람은 회색 옷을 입은 미믹의 병사였다. 그 병사가 충혈된 눈으로 이쪽을 바라보았다.

상대는 군인으로 적어도 두 명 이상. 총도 가지고 있을 게 틀림없었다. 한편 이쪽은 아무런 무기도 없고 지원해 줄 사람도 없었다. 하지만 일단 상대의 모습을 눈으로 확인하기만 하면, 어떻게든 된다.

버스가 가속을 하더니 이쪽을 향해 빠르게 다가왔다. 버스 운전사는 나를 미니밴과 함께 치어버릴 셈인 듯했다. 잔뜩 위축되어 도망가고 싶은 상황이다. 얻어맞은 아이들의 얼굴을 조금 전에 보지 않았을 때의 얘기지만.

나는 마음속으로 가볍게 사과를 한 뒤, 미니밴의 사이드미러를 발뒤꿈치로 힘껏 발로 찼다. 그러자 금속이 부러지는 소리가 나더니, 사이드미러가 아래로 축 늘어져 주렁주렁 매달렸다. 나는 손을 뻗어 사이드미러를 뜯어냈다.

동시에 버스가 붉은 미니밴을 들이받았다.

차체가 급격하게 선회했지만, 나는 차에 들러붙어 간신히 버텼다. 그리고 들고 있던 사이드미러를 버스를 운전하는 미믹의 병사를 향해 집어던졌다.

붉게 칠해진 커다란 사이드미러는 버스의 앞 창문을 깨고 운전사의 얼굴을 그대로 직격했다. 총을 빼려고 했던 운전사는 어쩔 줄을 몰라 하며 급히 브레이크를 밟았다.

버스는 술 취한 코뿔소처럼 구불거리며 움직이더니 이윽고 멈춰 섰다.

그때 즈음에는 내가 발판으로 삼고 있던 미니밴도 숨이 다한 듯이 정차했다. 나는 천장에서 땅으로 뛰어내렸다.

그리고 내가 멈춰 선 버스를 향해 몸을 돌렸을 때, 누군가가 심장을 움켜쥔 것 같은 불길한 예감이 들었다.

머릿속이 캉캉거리며 경종을 울렸다. 시야가 붉은색과 흰색으로 깜빡였다. 나는 생각을 하기도 전에 먼저 빠르게 달렸다.

──나를 이해하게 만들어 주겠다.

운전사는 신호 발신기처럼 생긴 무언가를 가지고 있었다.

그게 무엇을 의미하는지 나는 금세 이해했다. 오로지 몸만 그 이해를 쫓아가지 못했다. 영원처럼 느껴지는 일순간이 지나갔다. 미믹의 병사가 신호기의 스위치를 눌렀다.

갑자기 버스가 대폭발을 일으켰다.

공기가 온몸을 때려 내 몸은 뒤로 날아갔다. 공중에 있는 동안 의식을 잃었던 나는 누구의 소유일지 알 수 없는 차에 강하게 등을 부딪쳐 의식을 되찾았다.

나는 버스를 바라보았다.

버스는 모든 창문에서 불기둥을 내뿜으면서 거의 고개를 올려 봐야 할 만큼 공중에 붕 떠 있었다.

그리고 버스는 공중에서 반 바퀴를 돈 뒤, 도로의 끝에 내동댕이쳐졌다.

조금 뒤늦게 유리 파편이 나에게로 날아왔다.

나는 달려가려고 했다. 1초라도 빨리 버스에 다가가고 싶었다. 하지만 실제로는 꼴사납게 앞으로 넘어져 단단한 아스

팔트 위에서 보기 흉하게 발버둥치고 있었을 뿐이었다.

버스는 불에 타고 있었다. 차체는 옆으로 쓰러졌고, 한가운데가 구부러져 있었다.

목 안쪽에서 피 맛이 났다. 격렬한 귀울림으로 거의 아무 소리도 들리지 않았다.

──우리는 모두 이미 어른인데.

목이 아팠다. 숨을 쉴 수 없었다. 누군가의 외침이 멀리서 들려왔다. 너무 목이 아파서 그제야 눈치챘다. 외치고 있는 사람은 바로 나였다.

"으아아아아아아아아아아아아아아아아아아아아아아
아아아아아아아아아아!!"

✖　　✖　　✖

요코하마의 바다 위에 작은 관광선이 떠 있었다.

투명한 하늘에서 쏟아지는 햇빛을 받아 수면 위의 작은 파도가 반짝반짝 빛났다. 관광선은 빛을 반사하면서 조용히 물 위를 떠다녔다.

그 배에 탄 사람은 불과 몇 명뿐이었다.

관광선 중앙에는 청년이 한 명 서 있었다. 학자풍의 얼굴에 둥근 안경. 이능력 특무과의 에이전트, 사카구치 안고였다.

안고의 오른쪽에는 남자가 앉아 있었다.

"안고, 오랜만이군. 오늘은 초대해 줘서 고마워. 본업으로 돌아간 뒤로도 잘 지내나?"

남자는 생글거리며 안고에게 말을 걸었다. 뒤로 넘긴 검은 머리카락에 흰 옷. 포트 마피아를 통솔하는 보스, 모리 오가이다.

"………."

안고는 대답을 하지 않은 채, 긴장한 채로 시선을 아래로 떨구었다.

"우리 젊은 부하를 괴롭히지 말아 줬으면 하는데, 마피아의 두목."

안고를 사이에 두고 오가이의 맞은편에 앉아 있는 사람은 흰 머리에 키가 큰 장년이었다. 배 안에 있는 사람들 중에서도 가장 몸집이 큰 남자. ──내무성 이능력 특무과의 최고 지휘관, 다네다 장관이다.

오가이와 다네다의 등 뒤에는 각각 부하이자 경호 담당인 검은 옷을 입은 마피아와 검은 특수부대가 대기하고 있었다. 하지만 모두 총화기는 소지하고 있지 않았다.

안고는 긴장한 표정으로 말했다.

"오늘은 이렇게 찾아와 주셔서 감사합니다. 반복해서 말씀드리지만 이건 비공식적인 모임입니다. 기록 및 촬영, 이 자리에 있는 사람들 이외의 물리적인 개입은 모두 배신으로 간주하여 모임을 즉시 중지하도록 하겠습니다."

안고는 그렇게 말하면서 바닷가를 바라보았다. 멀리 작게 보이는 육지에는 각각 조직의 부하들이 비밀리에 또는 공공연하게 대기하고 있는 중이었다. 만일 이 모임 중에 누군가가 배신해 상대를 살상했을 경우에는 바로 바닷가에 있는 적 부대가 살아남은 쪽을 제거하려 들 게 뻔했다.

이것은 서로의 목에 칼을 들이댄 것과 마찬가지인 상태로, 서로 아슬아슬하게 균형을 유지한 채 열리는 모임이었다.

"우리 앨리스가 돌아오는 길에 아이스크림을 사 오라고 마구 졸라서 말이야. 정부에 납품하는 좋은 가게가 없을까, 다네다 장관?"

"하하하, 마음이 따뜻해지는 이야기군." 다네다는 웃으면서 들고 있던 부채로 얼굴을 부쳤다. "우리의 보고서를 기다리는 내무성의 관료들에게도 선물을 가지고 가 줘야 할 것 같은데 말이지. 당신의 목을 따 가면 분명 기뻐할 거야."

오가이의 등 뒤에 대기하던 마피아 부하 두 사람에게서 폭발적으로 살기가 솟구쳐 올랐다.

하지만 오가이는 그냥 태연하게 웃었다.

"내무성의 높은 사람에게 어떻게 하면 알랑거릴 수 있을까 걱정을 하다니, 고용살이는 참 고생이 끊이지 않는군, 다네다 장관."

"무슨 소릴. 정부에 언제 짓밟힐지 몰라 도랑 아래에서 벌벌 떨며 숨어 지내는 것에 비하면 이 정도야 별것 아니지."

오가이도 다네다도, 처마 밑에서 장기를 두며 담소를 나누고 있는 듯한 표정과 목소리였다. 하지만 그 중앙에서 중개

역할을 맡고 있던 안고는 끝없이 식은땀을 흘렸다. 눈앞의 남자 두 사람이 진심으로 대립하면 3일도 지나지 않아 요코하마는 시체가 산더미처럼 쌓이는 죽음의 도시로 변한다.

"그럼 바로 본론으로 들어가겠습니다." 특무과의 정예인 안고조차도 두 사람의 대화에 끼어들기 위해서는 최대한 신중을 기해야 했다. "이능력 특무과·다네다 님이 포트 마피아·오가이 님에게 요구하는 것은 두 가지입니다. 먼저 저, 안고에게 일체 간섭하지 말고 위해를 가하지 말 것. 또 한 가지는 유럽에서 일본으로 불법 입국한 이능력 범죄 조직·미믹을 박멸할 것. 괜찮으신가요?"

"첫 번째는 아무 문제 없어. 이래 봬도 내가 안고에게는 아주 고마워하고 있거든. 자네는 우수하고 내 일을 많이 도와주었지. 그게 잠입 수사의 일환이었다고 해도 말이야. 그리고 이번에도 이렇게 자네의 중개를 통해 특무과와 회의를 할 수 있게됐으니까. 꽃다발을 보내고 포옹을 해 주고 싶을 정도야."

"그럼——."

"단, 두 번째는 확실히 약속을 해 줄 수 없어. 아무튼 무서운 녀석들이라 말이지. 미믹 때문에 우리도 아주 긴박한 상황이거든. 가능하면 그냥 울면서 도망치고 싶은 기분이야."

오가이는 진의를 읽기 어려운 웃음을 지으며 다네다를 바라보았다.

다네다의 눈동자 안쪽에서 면도칼처럼 날카로운 빛이 순간적으로 번뜩였다. 다네다는 눈을 감았다가, 안고를 향해 시선을 던져 신호를 보냈다.

"다음으로 포트 마피아가 특무과에게 요구하는 것은——."

다네다 장관은 작게 무거운 한숨을 내쉬었다.

그리고 양복에서 검은 봉투 한 장을 꺼냈다.

✖　✖　✖

의미 없는 영상이 내 눈 안쪽에서 빙글빙글 돌았다.

나는 희고 살풍경한 호텔의 방에 서 있었다. 그리고 또 미술관 앞의 인공림에 서 있었다. 그리고 또 양식점의 2층에 서 있었다.

——오다 사쿠노스케. 무슨 일이 있어도 절대 사람을 죽이지 않는 신념을 지닌 기묘한 마피아.

나는 쓰레기가 널브러진 뒷골목에 있었다. 한밤중의 조용한 술집에 있었다. 마피아 본부의 엘리베이터에 있었다. 그리고 비가 내리는 찻집의 창가 자리에 앉아 있었다.

——소설을 쓰는 것은 사람을 쓰는 것.

——너에게는 그럴 자격이 있다.

그 수염이 난 남자가 한 말은 진심이었을까. 아니면 그냥 위로를 위해 한 말이었을까. 나는 정말로 사람을 쓸 자격이 있었던 것일까.

설사 수염이 난 남자가 한 말이 진실이라고 하더라도 그건 과거의 이야기다.

지금의 나는 더 이상 사람을 쓸 자격이 없다.

폭발 현장에서 나는 떨리는 다리로 간신히 일어나 버스 안을 확인했다. 확인을 하지 말았어야 했다. 안이 어떻게 되었을지는 쉽게 상상할 수 있었던 일이었는데.

그리고 나는 소동이 커지기 전에 현장을 떠났다. 그리고 곧장 양식점을 찾았다.

──군대입니다.

──전쟁터 이외에서는 살아갈 수 없는 자들로, 주인 없는 '회색 유령' 이죠.

양식점의 불빛은 꺼져 있었다.

조용했다.

안으로 들어가 보니 점주 아저씨가 죽어 있었다.

카운터의 안쪽, 냄비와 조리 기구가 들어 있는 선반에 등을 기대듯이 죽어 있었다. 가슴에 총알이 세 발. 눈은 뜨고 있었다. 순간적으로 근처에 있는 것을 붙잡은 것인지, 손에는 카레용 국자를 쥐고 있었다. 총을 든 미믹의 병사들과 국자를 들고 어떻게 싸울 생각이었던 걸까. 역시 마피아 산하의 양식점이다.

나는 아저씨의 눈꺼풀을 살짝 닫아 주었다. 그제야 아저씨는 겨우 죽은 사람다워졌다.

자신의 마음속에서 영혼이 삐걱삐걱 하며 오그라드는 느낌이 들었다. 영혼이 다시 원래 상태로 돌아갈 수 없을 만큼 변형되어 가는 소리다.

양식점 카운터에 군용 나이프가 박혀 있었다. 나이프는 지도 한 장을 꿰뚫고 카운터에 박혀 있었다. 나는 나이프를 빼낸 뒤, 지도를 확인해 보았다.

지도에는 이곳에서 조금 떨어진 산악 지대가 그려져 있었다. 그리고 산간의 낡은 사유지에 붉은색으로 X자 표시와 함께, 한마디, '유령의 묘지'라는 글이 적혀 있었다.

미믹의── 지드의 메시지이겠지. 나는 그것을 접어 주머니에 넣었다.

뒤이어 2층으로 올라가 아저씨가 나를 위해 마련해 준 비밀 방으로 들어갔다. 그곳에는 내가 비상용으로 숨겨둔 무기가 필요한 만큼 준비되어 있었다.

나는 옷을 벗고 얇은 방탄조끼를 입었다. 그 다음 위에 셔츠를 입고, 하네스형 홀스터를 양어깨에 걸쳤다. 그리고 등 뒤의 단추를 채웠다.

권총 두 정을 확인했다. 한 번 분해를 한 뒤 먼지를 털고, 기름을 친 다음 다시 조립했다. 가늠쇠가 일그러져 있지 않은지 확인해 보았다. 총알을 빼고 방아쇠를 당겨 손가락의 감촉을 확인했다. 그리고 탄창에 총알을 넣고 권총에 장전했다. 슬라이드를 당겨 첫 총알을 약실로 보냈다. 또 다른 한 정도 마찬가지의 과정을 거친 뒤, 양어깨의 홀스터에 꽂아 넣었다.

정해진 동작은 기도와 닮았다. 준비 동작을 반복하는 사이에 마음은 몸에서 떨어져 나와 기억 속을 헤맸다. 일찍이 자신이 누구였는가. 일찍이 자신은 무엇을 원했던가. 누구와 이야기하고, 무엇을 느끼고, 어떻게 살려고 했는가.

지금 알 수 있는 것이라고는 일찍이 자신이 원했던 모든 것이 내버려진 휴지조각이 되어 버렸다는 것이다.

예비 탄창을 수납한 리스트밴드를 양 손목에 둘렀다. 방탄 섬유로 만든 코트를 입었다. 코트 안쪽에 수류탄을 넣고, 교환탄창을 최대한 많이 쑤셔 넣었다. 망설인 끝에 붕대와 진통제는 가지고 가지 않기로 했다. 필요 없다.

그 대신 아주 오래 전에 끊어서 더 이상 가지고 다니지 않던 담뱃갑을 발견했다. 그것과 성냥을 챙겨 옆방으로 이동했다.

그곳은 아이들이 살던 곳이었다. 불과 며칠 전에 아이들과 싸움 연기를 했던 곳이다.

그곳은 거의 그때 그대로였다. 크레용이 칠해진 침대의 난간, 더러워진 바닥, 얼룩이 묻은 벽지. 다른 게 있다면 이곳에 있어야 할 다섯 명의 아이들이 없다는 것뿐.

"잘 자렴, 코스케."

나는 담배에 불을 붙이며 말했다. 제일 나이가 많았던 남자아이의 이름이다.

"잘 자렴, 카즈미. 잘 자렴, 유우. 잘 자렴, 신지. 잘 자렴, 사쿠라."

담배에서 한 줄기, 보라색 연기가 조용히 피어올랐다. 나는 그 연기를 바라보았다.

"조용한 곳에서 푹 자렴. 원수를 갚고 오마."

담배를 손가락에 끼우고 연기를 바라보았다. 이윽고 담배는 모두 불에 탔고, 연기는 사라졌다.

나는 걷기 시작했다.


"오다 사쿠!"

양식점을 나섰을 때, 익숙한 목소리가 나를 불러 세웠다.

"다자이인가. 왜 그러지?"

"오다 사쿠. 네가 무슨 생각을 하는지 알아. 하지만 그만둬. 그런 짓을 해도——."

"그런 짓을 해도 아이들은 돌아오지 않는다고?" 나는 말했다.

다자이는 말문이 막혔는지 아무 말도 하지 않았다. 그리고 말했다. "지금까지의 전투를 통해 미믹의 남은 병력이 어느 정도인지 파악했어. 대략 스무 명이 넘는 정도더군. 아직 녀석들은 여력을 남겨둔 상태야. 그리고 아마 서쪽 산악 지대에 본거지가 있겠지. 자세한 건 지금부터——."

"녀석들이 어디에 있는지는 이미 알고 있어. 초대장을 받았거든."

나는 다자이에게 조금 전에 발견한 지도를 건네주었다. '유령의 묘지'라고 적힌 지도다. 다자이는 지도를 보고 눈썹을 찡그렸다.

"녀석들은 병력을 한 곳에 모으고 있는데, 마피아의 모든 병력을 집결시켜도 돌파할 수 있을지 어떨지 알 수 없어."

"굳이 모으지 않아도 돼."

"오다 사쿠, 내 말 들어. 몇 시간 전에 보스가 비밀 모임에 갔다 오신 모양이야. 상대는 이능력 특무과로, 안고의 중재로 열린 모임이지. 매우 기밀성이 높은 정보라 더 이상은 뒤를 캐지 못했지만, 이 미미 사건에는 아직 내막이 있어. 느껴져. 그게 무엇인지 알기 전까지는──."

"내막?" 나는 다자이를 바라보았다. "내막 따위는 없어, 다자이. 이제 다 끝났거든. 나머지 일들은 어찌되든 상관없는 일들이지. 내가 이제부터 하려고 하는 일도. 안 그런가?"

"오다 사쿠." 다자이가 조용히 말했다. "이상한 말이라 이상하지만 용서해. 하지만 가지 마. 뭐가 됐든 뭔가에 의지를 했으면 좋겠어. 앞으로 일어날 무언가 행복한 일들을 바라보는 거야. 분명히 그런 일들이 있을 테니까. ……이봐, 오다 사쿠. 왜 내가 마피아에 들어왔는지 알아?"

나는 다자이를 바라보았다. 알고 지낸 지 오래되었지만 다자이는 한 번도 그런 이야기를 해 주려고 하지 않았었다.

"내가 마피아에 들어온 이유는 무언가가 있을 거라고 기대를 했기 때문이야. 폭력과 죽음, 본능과 욕망. 그런 노골적인 사람들 근처에 있으면 인간의 본질을 근처에서 볼 수 있을 거다. 그러면 무언가──."

거기서 다자이가 말을 끊었다. 그리고 말했다.

"그러면 무언가 살아갈 이유를 발견할 수 있을 거라고 생각했거든."

나는 다자이를 바라보았다. 다자이도 나를 바라보았다.

"나는 소설가가 되고 싶었어." 나는 말했다. "아무리 임무라도 사람을 죽이면 그럴 자격이 없어질 거라 생각했지. 그래서 한 사람도 죽이지 않은 거야. 하지만 그것도 이제 다 끝나 버렸어. 자격이 사라져 버린 거지. 지금 내가 원하는 건 단 하나뿐이야."

"오다 사쿠!"

나는 걷기 시작했다. 다자이가 나를 불렀지만 나는 뒤를 돌아보지 않았다.

나는 서쪽을 향해 걸었다.

사람들은 평소와 다름없이 자신이 가고자 하는 방향으로 걸었다. 분명히 가야 할 장소가 있을 것이고, 만나야 할 사람들이 있을 것이고, 돌아가야 할 집이 있겠지. 그게 사람이 살아가는 세계다. 내가 소설을 쓰고자 했던 세계다. 아이들도 원래라면 그런 세계로 나아가 세상 사람들의 일원으로서 각자 가고자 하는 곳을 향해 걸었을 텐데.

──이 사람들은 모두 평안을 손에 넣었습니다. 아무도 이 사람들에게서 평안을 빼앗을 수는 없습니다.

아주 오래 전에 들었던 안고의 말이 떠올랐다.

어린아이들은 지금 모두 평안한 장소에 가 있을까? 유령이 되어 현세를 떠도는 건 아니겠지?

지드나—— 나처럼.

걷는 중에 맞은편에서 걸어오는 몸집이 작은 청년과 부딪쳤다.

"으악!"

나는 아무렇지 않았지만 청년은 균형을 잃고 엉덩방아를 찧었다. 그가 손에 들고 있던 짐도 땅에 떨어져 흩어졌다.

"이봐, 뭐 하는 거야?! 앞으로 똑바로 보고 걸어야지! 그렇게 높은 곳에 눈이 있으니, 앞 정도는 제대로 잘 볼 수 있을 거 아냐! 아~아. 사장님에게 받은 탐정 도구가……."

나는 땅에 떨어진 짐을 줍는 청년을 도왔다. 기록지와 펜, 사진기, 감식용 증거 보관 봉투. 마치 살인 사건의 증거 채취 담당 같았다.

"경찰인가?" 나는 문득 그렇게 물었다.

"경차알?" 청년은 눈을 가늘게 뜨더니 진심으로 불쾌하다는 표정을 지었다. "난 그렇게 무능한 녀석이 아니거든?! 날 모르겠어? 이제 곧 모든 일본 사람들이 알게 될 이름이야. 잘 기억해 둬! 나는 세계 최고의 명탐정, 에도가와——."

"미안했다." 나는 청년의 말을 도중에 끊어 버렸다. "서두르는 중이어서 그러니 이만 실례하지."

"어이, 이봐. 정말 어리석은 사람이네. 이 명탐정과 대화할 수 있는 기회를 놓치다니! 내 능력을 보면 절대 무시할 수 없을걸?! 의심되면 보여 주지. 그래, 당신이 서두르는 이유는——."

밝고 잘난 척이 심한 청년은 깔깔 웃으면서 나를 가만히 바라보았다.

"당신은——."

그런데 갑자기 그의 눈이 작아졌다.

청년 주변의 공기가 급속이 차게 식은 듯한 느낌이 들었다. 가는 눈 안쪽의 눈동자에 무언가 비인간적인 빛이 깃들었다.

"당신." 청년이 조금 전과는 전혀 다르게 조용한 목소리로 말했다. "내 말 들어. 목적지에는 가지 않는 게 좋아. 다시 생각해 봐."

"왜지?"

"왜냐하면, 가면 당신은··················· 죽을 테니까."

나는 새 담배에 불을 붙인 뒤, 청년에게서 돌아섰다. 그리고 서쪽을 향해 다시 걷기 시작했다.

나는 걸으면서 등 뒤의 청년을 향해 말했다.

"알아."

✖   ✖   ✖

상수리나무 잡목림이 우거진 숲길을 빠져나가자 그 저택이 나타났다.

처음에는 보라색 슬레이트 지붕과 종교 의장이 들어간 반원형 페디먼트가 보였다. 그 집은 저물어 가는 저녁놀을 반사하며 숲 안에서 흐릿하게 떠올라 있었다.

모래가 깔린 작은 길을 올라가 보니, 기관단총을 들고 있는 미믹 병사 둘이 보였다. 보초인 듯하다. "잠깐 말 좀 물어볼 수 있을까?"

나는 걸으면서 곧장 두 사람에게 말을 걸었다. 깜짝 놀란 미믹 병사가 나를 향해 총구를 들이댔다.

하지만 나는 양쪽 겨드랑이 아래의 홀스터에서 권총을 빼냈다.

그리고 좌우 동시에 두 발.

총알은 미믹 병사의 이마에 박혀 후두부를 깨뜨리며 뒤쪽으로 빠져 나갔다. 미믹 병사 두 사람은 등 뒤의 나무에 피와 뇌척수액을 흩뿌리며 거의 무슨 일이 일어났는지도 모른 채 죽어 버렸다.

시체가 지면에 쓰러지는 눅눅한 소리가 거의 동시에 숲속에 울려 퍼졌다.

나는 권총을 홀스터에 넣고 시체에는 눈길도 주지 않은 채 다시 걸었다.

그리고 정원의 길을 걸어 저택의 현관 정면을 향해 갔다.

나는 저택 근처에 있는 3층의 다락방을 바라보았다. 채광창 너머에 저격총을 든 보초병이 보였다. 나는 저격병이 나를 발견할 수 없는 루트를 찾아 집에 접근했기 때문에, 바로 아래에 올 때까지 저격병은 침입자가 있다는 것도 눈치채지 못했다.

나는 손가락으로 딱 소리를 내어 그 병사에게 신호를 보냈다. 저격 보초병은 그 소리를 듣고 내 모습을 확인하자 화들짝 놀랐다. 병사가 저격총에 손을 대기도 전에 나는 권총으로 병사의 머리를 꿰뚫었다. 병사는 크게 몸을 뒤로 젖히더니 뒤쪽 계단 아래로 떨어서 커다란 소리를 냈다.

보초병이 떨어지는 소리를 듣고 안쪽의 병사들도 이상한 일이 벌어졌다는 사실을 깨달았겠지.

나는 평소와 다름없는 발걸음으로 현관 정면 앞의 포치까지 와서 일단 멈춰 섰다. 그리고 담배를 꺼내 불을 붙여, 탁한 연기로 폐를 가득 채웠다.

나는 자신의 손을 쳐다봤다. 방금 전에 세 사람을 죽인 자신의 손을. 그것은 아무리 봐도 자신의 손이었다. 살인을 피해 왔던 자신의 손과 한 치의 차이도 없었다.

손가락에 살의는 깃들지 않는다. 방아쇠에도 살의는 깃들지 않는다. 총알에도 살의는 깃들지 않는다. 살의가 깃들어 있는 곳은 머릿속에 있는 내 정신이었다.

양옥집 안이 떠들썩해지기 시작했다. 고함 소리와 바닥을 내딛는 소리, 총알을 장전하는 소리.

나는 현관 정면의 프렌치 도어에서 옆으로 이동했다. 그리고 돌기둥 장식이 조각된 옆쪽 벽에 등을 붙였다.

등을 단단한 석벽에 붙인 채, 나는 팔을 옆으로 뻗어 목조 현관문을 노크했다.

동시에 지면이 갈라지는 듯한 굉음이 울려 퍼졌고, 문이 무수히 많은 총알에 맞아 벌집이 되었다. 문이 산산이 부서진 나뭇조각이 되어 이리저리 튀었다.

나는 권총을 든 채 흘깃 옆의 모습을 바라보았다. 5초, 10초.

12초. 병사가 탄창을 교환하려고 하는 타이밍에 나는 수류탄의 핀을 뽑아 양옥집 안으로 집어 던졌다.

폭발로 실내가 단번에 날아가는 것과 동시에 입에 물고 있던 담배를 뱉어 버렸다.

나는 권총 두 정을 들고 실내로 뛰어들었다.


연기를 뚫고 총알이 날아들었다.

앞으로 몸을 기울여 바닥으로 뛰어들면서 두 발.

발화염이 실내를 흰 색으로 점멸하게 했다.

앞으로 굴러 달리는 방향을 옆쪽으로 바꾼 뒤, 방의 구석 쪽으로 뛰면서 두 발.

공중의 석고 파편과 뿜어져 나오는 피와 연기가 총이 불을 뿜을 때마다 모습을 드러냈다.

발밑에서 기관단총의 총알이 튀었다. 총알이 맞을 곳을 예측해 벽 쪽을 질주하면서 두 발.

무수히 많은 빈 탄피가 바닥에 떨어지며 전쟁터 특유의 음악을 연주했다.

마지막으로 양손의 총을 모아 중앙의 적을 향해 두 발.

그리고 침묵.

저택 안으로 들어올 때 있었던 병사는 모두 처리했다.

저택의 현관홀은 개방형 아트리움이었다. 천장 근처에 있는 스테인드글라스가 실내의 먼지와 화약의 연기를 애매한

색으로 빛나게 만들었다. 그 아래에서는 미믹 병사의 시체가 여섯 구 정도 굴러다녔다.

다자이가 말했던 적의 숫자에는 턱없이 부족하다. 아직 축제는 끝나지 않았다.

양탄자가 깔린 큰 계단 너머, 저택 안쪽에서 병사들의 발소리가 들려왔다. 내가 이능력으로 볼 수 있는 미래의 시간은 5초에서 6초 사이. 그래서 안쪽에 어떤 함정이 있는지, 어떤 진형으로 적이 기다리고 있는지는 알 수 없었다.

나는 탄창을 교환했다. 그리고 계단을 천천히 올랐다.

계단을 다 오른 곳에는 가늘고 긴 연결 복도가 있었다. 안쪽에서 적이 밀려온다고 한다면, 차폐물 사이로 총을 쏘면서 서로 탄막을 만들어도 좋을 듯싶었다.

연결 복도 너머에서 병사들이 보였다. 병사가 총을 겨눴다. 나는 정면 돌파를 선택했다.

거의 피할 틈이 없는 가늘고 긴 연결 복도를 향해 나는 달려갔다. 적은 네 명. 적은 이 거리에서 가장 적합한 총기인 기관단총을 마구 쏘면서 전진해 왔다.

나는 몸을 앞으로 기울인 자세로 질주했다.

가장 앞쪽에 있던 미믹 병사에게 달려서 접근해 총을 쏘았다. 병사가 이마에 총을 맞고 몸을 뒤로 젖혔다. 그 품으로 재빨리 달려간 나는 병사의 몸을 바디 벙커처럼 사용해 총 두 발을 더 쏘았다.

두 번째 미믹 병사가 목에 총알을 맞고 즉사했다. 죽은 병사의 손가락이 경련을 일으키며 천장에 띠 형태의 탄흔을 새겼다.

죽은 병사의 가슴을 발로 차 뒤의 병사를 향해 날렸다.

세 번째 병사가 시체를 뿌리치려고 하는 틈을 노려 측면으로 돌아간 나는 주먹 아래쪽으로 턱을 때렸다. 턱이 완전히 옆으로 돌아가 머리가 직각이 됐을 때 머리 꼭대기에 한 발. 벽에 진홍색 액체가 흩뿌려졌다.

마지막 남은 병사가 쏘는 기관단총의 총알을 나는 옆으로 뛰어 피했다. 그리고 이어서 수평으로 쫓아오는 총알을 벽을 차서 삼각 도약으로 계속 회피. 거의 적의 머리 위까지 올라가 남은 총알을 모두 쏟아부었다.

연결 복도의 끝에 다다랐다. 처음 총구의 불이 뿜은 지 아주 잠깐 동안에 일어난 일이었다. 잠시 시간을 두고 뒤에서 병사가 쓰러지는 소리가 났다.

그 소리만으로 모든 적을 제압했다는 사실을 확인한 뒤, 나는 다시 걷기 시작했다.


연결 복도 끝은 안뜰에 접한 넓은 환담실이었다.

환담실에는 중세풍으로 장식된 커다란 난로와 붉은 벨벳이 붙은 팔걸이의자가 있었고, 연대기(連隊旗)가 들어간 금색 액자가 있었다.

이 저택에서는 옛날에 어떤 외국인 귀족이 살았던 모양이었다.

사전에 조사한 바로는 이 넓은 저택의 주인은 전쟁이 확대

되자마자 자산을 몰수당해 모국으로 돌아갔다. 그 뒤, 이 저택은 소유권이 공중에 붕 뜬 상태로, 결코 돌아오지 않을 주인을 끈질기게 계속 기다리는 중인 듯했다.

나는 걸음을 멈췄다. 앞쪽 문 안에서 원격 폭파식 지향성 지뢰가 설치되어 있다는 사실을 눈치챘기 때문이다.

이대로 계속 걸어가면 폭발에 말려든다. 벽 너머로 총을 쏘아 파괴할 수밖에 없다. 나는 총을 겨눴다.

총을 겨눈 순간, 나는 실패할 것이라는 사실을 깨달았다.

내 바로 뒤에도 지향성 지뢰가 설치되어 있었기 때문이었다. 이 장소를 어디에선가 감시하고 있는 사람이 내가 앞쪽의 지뢰를 눈치챈 순간에 뒤쪽의 지뢰도 원격 폭파되도록 사전에 설치를 해 둔 거겠지.

내 이능력은 미래를 예견한다. 하지만 내가 자신의 행동을 변경한 결과 일어나는 일에 관해서는 행동을 변경한 순간 비로소 예견할 수 있게 된다. 그 때문에 '내가 앞쪽의 지뢰를 향해 총을 겨눈' 것을 계기로 1초 후에 기동하는 함정이 있었을 경우, 나는 그것을 기동 1초 전이 되어서야 예견할 수 있다.

이번이 그야말로 그런 상황이었다.

나는 힘껏 앞으로 뛰어올랐다. 그 직후, 뒤쪽의 고성능 폭탄이 폭발했다. 사방으로 튀는 철 구슬과 폭염이 등 뒤의 코트를 찢었다. 폭풍에 떠밀린 듯 바닥을 구른 나는 곧장 머리를 감싸고 엎드렸다.

그에 이어서 앞쪽의 지향성 지뢰가 문을 파괴했다. 측면 쪽으로 날아온 충격이 내 몸을 잇달아 때렸다.

이능력을 역이용한 기습. 그것도 앞뒤에서 지향성 지뢰의 협공. 적은 '미래 예견'이라는 이능력이 어떤 특성을 지니고 있고, 어떤 약점을 지니고 있는지 속속들이 잘 알고 있었다.

영상이 보였다.

왼쪽에 늘어선 큰 창문에서 병사들이 대거 강하 강습을 해 오는 영상이다.

나는 아직 바닥에 엎드린 채다. 반격을 할 수 있는 자세가 아니다.

돌입해 오기까지의 시간은 약 4초 정도.

나는 죽기 아니면 살기로 권총을 줍기 위해 발버둥 쳤다.

오른쪽 배에 둔탁한 통증. 조금 전 폭발로 발사된 산탄이 방탄조끼가 뒤덮지 못한 허리뼈 근처의 살을 에어 낸 것이다. 셔츠에 피가 스며 나왔다.

창문 너머 위쪽에서 아래로 내려온 로프, 그리고 아래로 내려온 병사들의 신발 밑바닥이 보였다.

나는 신음소리를 내면서 권총을 집어 들었다.

창문이 모두 깨졌다. 위에서 날아온 병사들은 모두 여덟 명. 차폐물에 숨을 틈이 없었다.

깨진 유리가 공중을 떠돌았다. 그 파편 하나하나의 반짝임까지 보이는 것 같았다.

일단은 좌우의 총으로 두 발. 앞쪽 두 사람의 목과 머리를 꿰뚫었다. 남은 병사들이 바닥에 착지했다.

　나는 코트의 옷자락을 뒤집으며 반쯤 돌아 낮은 자세로 총두 발을 쏴서 근처에 있던 병사 둘을 처리했다.

　남은 병사가 이쪽을 향해 총을 겨누었다.

　유리 파편이 겨우 바닥에 떨어지더니, 더욱 많은 빛이 되어 튀어 올랐다.

　그리고 총구가 불을 뿜었다.

　거의 서로 치고받을 수 있는 거리에서의 총격전. 번쩍거리는 빛이 실내를 가득 채우며 세계를 새하얗게 물들였다.

　반짝이는 세계 속에서 아주 작은 죽음의 사도가 날아왔다. 나에게는 그것이 보였다.

　아주 가까운 거리에서 발사된 총알을 나는 몸을 거의 수평으로 쓰러뜨려 피했다.

　양손을 교차해 양쪽으로 두 발.

　가슴이 천장을 향할 정도로 몸을 젖혀 좌우의 적에게 두 발.

　가슴에 충격을 받아 몸이 움찔했다. 방탄조끼에 총알이 박힌 것이다. 철 구슬에 얻어맞은 것 같은 충격에 호흡이 멈췄다.

　한 사람을 미처 맞추지 못했다.

　유리투성이인 바닥에 손을 짚어 간신히 넘어지지 않을 수 있었다. 나는 계속 기관단총을 쏘려고 하는 적의 다리를 재빨리 걸어 버렸다.

　병사는 넘어지면서도 손을 뻗어 내 코트의 옷깃을 붙잡았다. 같이 넘어질 생각이다. 병사의 움직임이 지금까지의 적들과는 달랐다.

군복의 가슴 쪽에 붙어 있는 휘장이 슬쩍 보였다. 아마도 미믹의 부사령관, 지드의 심복이겠지.

왼손의 권총으로 목을 노리려고 했지만, 상대가 기관단총의 끝으로 재빨리 총을 떨쳐 버렸다. 나와 부사령관은 서로 뒤얽혀 바닥을 굴렀다.

나는 뇌진탕을 일으키기 위해 왼손바닥으로 부사령관의 턱을 때리려고 했다. 하지만 부사령관은 내 공격을 피했다. 그러고는 내 왼손의 소매를 잡고 등 뒤로 돌아갔다. 그가 팔꿈치와 손목을 비틀었다. 적은 관절기를 걸려고 하는 듯했다. 어깨에서 둔탁한 소리가 났다.

그대로 적이 힘을 주면 내 어깨는 영원히 못 쓰게 되어 버릴 게 틀림없었다.

하지만 미래를 예견하는 능력을 지닌 남자와는 근접 격투를 해서는 안 된다. 이 상황이 처음부터 나의 노림수였다.

나는 자유롭게 움직일 수 있는 오른손으로 권총을 쥔 채 몸을 꺾으면서 모든 총알을 바닥을 향해 쏘았다.

빈 탄피가 튀는 소리가 메마른 방울처럼 울려 퍼졌다.

내 손을 비틀어 올렸던 남자는 힘을 잃고 바닥에 쓰러졌다.

그의 목에는 총알이 박혀 있었다. 조금 전에 내가 바닥을 향해 쏜 총알이 그대로 튀어 올라 목에 박힌 것이다.

나는 가슴의 격렬한 통증을 참으면서 방탄조끼를 확인했다. 가슴에 세 발, 납 구슬이 박혀 있었다. 나는 조끼를 벗어

바닥에 버렸다. 늑골에 금이 가 있을지도 모른다.

"윽……."

뒤를 돌아보니, 부사령관은 아직 의식이 있었다. 하지만 총상은 치명적이었다. 길어야 10분이 고작이겠지.

"숨통을 완전히 끊어 줄까?"

나는 총을 주워 부사령관의 머리에 총구를 겨누며 물었다.

"……………그래…… 부탁한다……."

목구멍에 피가 고여 있는지, 부사령관은 아주 가는 목소리로 그렇게 대답했다.

"남기고 싶은 말은 있나?"

"싸워 줘서…… 고맙다……."

부사령관은 눈을 감았다. 총상으로 인한 통증은 어마어마할 텐데도 그는 엷게 웃었다.

"사령관은 이 앞에 있다…… 사령관도, 부디 구원해 주길 바란다…… 이 지옥에서……."

나는 방아쇠를 당겼다.

두개골이 파괴되면서 바닥에 피와 뇌척수액이 흩뿌려졌다. 부사령관은 살짝 몸을 떨더니, 그대로 축 늘어졌다.

나는 자리에서 일어서 탄창을 교환하고 다시 걷기 시작했다.

"그래, 알겠다."

다자이는 걷고 있었다.

그 걸음에는 망설임이 전혀 없었다. 마치 발뒤꿈치로 카펫을 깎아 내듯이 매우 빠르게 걸음을 내디뎠다.

다자이가 걷고 있는 곳은 시가지에 솟아 있는 마피아 본부였다. 다자이는 혼자 유리로 덮인 엘리베이터에 올라탄 뒤, 최상층으로 가는 버튼을 누르고 눈을 감았다.

엘리베이터가 목적지에 도착하자 다자이가 눈을 떴다. 그 눈동자는 바로 앞쪽, 정면의 막다른 곳에 있는 집무실을 바라보고 있었다.

다자이는 턱을 들고 걷기 시작했다.

집무실 앞의 검은 양복을 입고 서 있는 거한이 아무 말 없이 다자이의 가는 길을 막았다. 두 사람 모두 자동 소총을 들고 있었다.

"비켜라."

다자이가 검은 양복을 입은 거한의 얼굴도 보지 않고 말했다. 다자이보다도 두 배는 큰 거대한 보초가 그 한마디에 잔뜩 긴장한 표정을 짓더니, 압도당했다는 듯이 한 걸음 뒤로 물러섰다.

보초의 반응을 기다리지 않고 다자이가 집무실의 문을 열었다. 그리고 성큼성큼 아무런 양해도 없이 집무실 안으로 들어갔다.

다자이는 넓은 집무실의 중앙, 커다란 집무실 책상 바로 앞까지 가서야 걸음을 멈췄다.

집무실 책상 너머에는 포트 마피아의 보스, 모리 오가이가 의자에 걸터앉아 있었다.

"아니, 이게 누군가. 다자이. 자네가 집무실을 찾아오다니 웬일인가? 홍차를 준비하지. 아주 비싼 북유럽산 찻잎이 도착했거든. 만주에 뿌려 먹으면 이게 또 환상적인 맛이라——."

"보스." 다자이가 보스의 말을 끊고 말했다. "제가 왜 왔는지 잘 아시리라 생각합니다만?"

그 질문에 오가이는 대답하지 않았다. 그저 작게 미소를 지으며 다자이를 가만히 바라보기만 할 뿐이었다.

잠시 뜸을 들인 뒤, 오가이가 대답했다.

"그렇고말고 다자이. 긴급한 용건이지?"

"그렇습니다."

"좋아. 그게 무슨 용건이든 간에, 허가하겠네." 그렇게 말한 뒤, 오가이가 싱긋 웃었다. "우수한 다자이의 생각이니, 잘못된 것일 리가 없지. 자네는 항상 나와 포트 마피아에 막대한 이득을 안겨 줬지. 오늘도 그렇게 되기를 비네."

다자이는 허를 찔린 듯 아무 말도 하지 않았다. 다자이조차도, 오가이와의 대화는 날카로운 칼날 위를 걷는 것 같은 감각이었다. 자칫 실수라도 하는 날엔 팔다리가 잘려 나간다.

다자이는 조금 생각을 한 뒤 말했다.

"그럼 오다 사쿠를 구하기 위해 간부급 이능력자 소대를 편성해 미믹의 본부를 기습할 수 있도록 허가해 주시는 거지요?"

"좋은 작전이야." 오가이가 고개를 끄덕였다. "때로는 자신의 진심을 먼저 밝히는 게 교섭을 할 때 큰 힘을 발휘하기도 하지. 좋아, 허가하겠네. 하지만 이유를 가르쳐 줄 수 있을까?"

다자이는 오가이의 시선을 피하지 않고 그대로 마주 보았다. 오가이의 가늘게 뜬 눈에는 상대의 내면까지 꿰뚫어 보는 듯한 예리한 빛이 서려 있었다. 일찍이 다자이가 수많은 적, 수많은 동료에게 내던졌던 시선과 같은 종류의 빛이었다.

"지금 오다 사쿠는 적 조직의 본거지에서 단독으로 위력 수색을 하고 있습니다." 감정을 지운 목소리로 다자이가 말했다. "오다 사쿠를 돕기 위해 긴급히 근처에 있던 마피아 조직원을 보냈지만, 너무 사람이 부족합니다. 이대로는 귀중한 이능력자인 오다 사쿠가 죽고 맙니다."

"하지만 그는 말단 조직원이야." 오가이는 고개를 갸웃했다. "물론 오다도 소중한 동료지. 하지만 간부급 조직원을 최전선에 보내서까지 구출할 필요가 있을까?"

"있습니다." 다자이가 딱 잘라 말했다. "당연히 있습니다."

오가이는 아무 말도 하지 않았다.

오가이는 다자이를 바라보았다. 다자이도 오가이를 바라보았다.

그것은 수많은 대화를 함축한 침묵이었다. 서로가 서로의 마음을 이해했고, 그에 대한 반론도 이해했다.

"……다자이." 말 없는 설전을 멈추고 먼저 입을 연 것은 오가이였다. "하나만 묻지. 자네의 계획은 이해가 되네. 하지만 오다는 아마도 누군가가 자신을 구출하러 오는 걸 원하지 않을 거야. 그 점은 어떻게 생각하나?"

다자이는 대답하려고 했다. 하지만 뭐라고 대답할 말이 없었다.

오가이는 집무실 책상의 서류 선반에서 봉투를 꺼내 바라보면서 말했다.

"다자이. 보스는 말이지, 조직의 정점에 서 있는 동시에 조직 전체의 노예라고 할 수 있네. 포트 마피아를 존속시키기 위해서라면 그 어떤 오물에라도 솔선해서 직접 몸을 담가야 하지. 적의 힘을 약하게 하고, 같은 편의 가치를 최대한으로 키우기 위해, 그리고 조직의 존속과 번영을 위해, 논리적으로 생각할 수 있는 그 어떤 극악무도한 짓이라도 기쁘게 해야만 하는 거네. 내가 무슨 말을 하는지 알겠나?"

오가이는 손에 들었던 봉투를 책상 위에 올려놓았다. 그것은 크고 검은 고급 봉투로, 가장자리에는 작게 금박이 입혀져 있었다. 안에는 굉장히 얇은 무언가가 들어 있는 듯했다.

다자이는 별 생각 없이 그 봉투를 바라보았다.

그리고 깜짝 놀라 숨을 멈췄다.

"그 봉투는――."

다자이의 뇌리에서 무언가가 격렬하게 움직이며 번쩍였다. 그것은 거의 물리적인 진동이 되어 다자이의 머리를 찌릿거리게 만들었다.

"그렇구나." 다자이는 목소리를 억지로 짜내듯이 말했다.

그리고 얼굴이 매우 창백해졌다. "그런 거였어."

다자이는 빙글 발걸음을 돌려 오가이에게 등을 보였다.

"실례합니다."

"어디 가는 거지?" 오가이가 다자이의 등을 보며 물었다.

"오다 사쿠에게 갑니다."

고개를 돌리지 않고 다자이는 집무실의 출구인 문 앞까지 걸었다.

장식이 달린 문손잡이에 다자이가 손을 대려고 한 순간, 다자이의 등 뒤에서 무슨 소리가 들려왔다. 금속이 부딪치는 듯한, 작은 부품이 맞물리는 듯한 소리였다.

다자이는 그 소리를 듣고 그대로 손을 멈췄다. 그리고 자신의 실수를 깨닫고 눈을 감았다.

다자이는 작은 한숨을 내쉬고는 집무실 쪽으로 다시 몸을 돌렸다.

집무실에는 옆방에서 소리도 없이 나타난 검은 옷을 입은 무장 마피아 조직원 네 명이 있었다. 그들은 모두 자동소총을 들고 있었고, 그 자동소총의 총구는 모두 다자이를 향해 있었다.

다자이는 그 모습을 보고도 놀라지 않았다. 그저 실내를 둘러본 뒤, 오가이를 바라보았다.

오가이는 조금 전과 똑같은 자세를 유지한 채, 다자이를 보고 웃었다.

✕　✕　✕

　전쟁터의 문을 빠져나간 곳의 끝은 넓고 천장이 높은 무도 실이었다.

　마음만 먹으면 100쌍이 바로크 댄스를 출 수 있을 만큼 큰 홀이다. 3층 높이의 천장에서는 썩어 버린 샹들리에가 대각 선으로 기울어 있었다. 무도실의 양쪽 측면에는 금자수가 들 어간 진홍색 커튼이 쳐져 있었지만, 여기저기 실이 풀리고 찢어져 옛날의 영광을 원망하듯이 방의 어둠을 돋보이게 만 들었다. 그리고 홀 안쪽과 바로 앞쪽에 각각 두 개의 떡갈나 무 문이 설치되어 있었다.

　무도실 중앙까지 걸어갔을 때, 등 뒤에서 목소리가 들렸다.

　"밀알 하나, 만약 땅에 떨어져 죽지 않으면 한 알 그대로 이지만, 만약 죽으면⋯⋯."

　나는 바로 양쪽의 총을 빼내 뒤를 돌아보면서 목소리가 나 는 쪽을 겨냥했다.

　그 남자는 그곳에 있었다.

　은발에 은색 옷. 이목구비가 선명한 망령.

　총을 겨눈 채, 나는 말을 이었다. "――만약 죽으면 많은 열매를 맺을 것이다."

　유령은 눈을 가늘게 뜨며 웃었다.

　"'요한복음' 제12장 24절. 겉보기와는 달리 박식하군, 사 쿠노스케."

지드는 떡갈나무 문 앞에 서 있었다. 함정도 없었고, 부하도 없었다. 그리고 그는 따로 주의를 기울이지도 않았다.

내 총은 딱 정확하게 적의 미간을 향해 있었다. 아주 조금 검지에 힘을 주면 총알이 노린 장소에 박히겠지. 엷게 웃는 저 남자의 이마, 그 한가운데에.

"수고했군. 고맙네."

나는 목표를 향해 권총을 쐈다.

지드는 머리를 움직여 총알을 피했다.

"아이들에게는 정말 미안하게 됐군." 지드가 변함없는 표정으로 다시 걷기 시작했다. "하지만 그 일에 가치는 있었던 모양이야."

지드가 벽을 따라 걸었다. 그를 따라 내 총구도 수평으로 움직였다.

나는 적의 머리를 노리고 또 총을 쐈다. 다음은 지드가 회피할 방향을 이능력으로 오른쪽이라고 예측한 뒤, 궤도를 일부러 오른쪽으로 빗나가게 쐈다.

하지만 지드는 머리를 반대, 왼쪽으로 움직여 총알을 피했다.

"너의 눈은 나와 같아." 지드는 엷게 웃으며 소리도 없이 계속 걸었다. "나나 부하와 마찬가지로, 삶을 포기한 눈이지."

지드는 무기를 들지 않았다. 내가 총을 쏴도 경계하는 기색조차 보이지 않았다.

등골에 냉기가 흘렀다.

"어서 오게, 사쿠노스케. 우리의 세계에."

지드가 갑작스럽게 총 두 정을 빼내 나를 향해 겨누었다.

내가 그 순간적인 동작에 반응을 하지 못한 이유는 놀랐기 때문이 아니었다. ──쏴도 맞을 것 같지가 않았기 때문이었다.

총을 서로에게 겨누고 서로 움직임을 멈췄다.

내 총구가 지드를 향해 있었고, 지드의 총구가 나를 향해 있었다.

"말이 많은 남자군."

"그럼 수다는 그만 떨도록 하지."

영상이 보였다.

5초 후에 지드가 총을 쏜다. 내 미간에 한 발, 심장에 한 발.

모두 피하면 그만이다.

옆인가. ──아니, 그걸 예측하고 궤도를 반대쪽으로 수정하겠지.

아래인가. ──아니, 웅크려도 마찬가지로 예측을 하고 수정을 할 게 분명하다.

남은 시간 3초.

그때 한 가지 사실을 깨달았다.

──아, 그렇구나.

남은 시간 1초.

나는 양손의 총을 연속으로 쏘면서 적을 향해 돌진했다.

그렇게 지옥이 펼쳐지기 시작했다.


총구의 불꽃이 두 사람의 중앙에서 번쩍였다.

나와 지드는 서로 총을 쏘면서 서로를 향해 뛰어서 접근했다. 몇몇 총알이 귓불 옆을 빠져 나갔고, 코트의 소매를 찢었다.

양손의 손등으로 상대의 총을 바깥쪽으로 뿌리쳤다. 지드의 총이 한 번은 좌우로 밀려 나갔지만, 원을 그리듯이 다시 중앙으로 되돌아왔다. 그리고 내 가슴을 향해 '회색 유령'이 불을 뿜었다.

상대의 코를 집을 수 있을 정도로 가까운 거리다. 얼굴을 사이에 두고 좌우 평행하게 발사된 총알을 고개를 양쪽으로 움직여 피할 여유가 없었다.

나는 순간적인 판단으로 얼굴을 왼쪽으로 피해 오른쪽의 총알을 피했고, 또 하나의 총알을 권총의 총목으로 막았다. 손 전체를 얻어맞은 듯한 충격과 마비가 찾아왔고, 왼손의 권총이 튕겨 나가 버렸다.

총 저편에서 지드가 입술을 일그러뜨리며 웃는 모습이 보였다.

지드의 총은 두 정, 이쪽은 하나가 줄어 한 정. 당연히 그만큼 불리하다.

──한 정의 권총이 어디를 향해 있는가에 따라서도 다르겠지만.

오른손의 권총── 내가 아직 쥐고 있는 권총은 이미 지드를 향해 있었다.

나는 총을 발사했다.

지드는 몸을 크게 흔들어 총알을 피하려고 했다. 하지만 이동 거리가 모자라 왼쪽 위팔에 명중되었다. 새빨간 피가 뒤쪽으로 흩뿌려졌다.

"큭……."

팔에 총을 맞자, 지드의 한 쪽 팔에서 권총이 스르륵 빠져나가 바닥에 떨어졌다.

지드는 바닥을 박차 뒤쪽으로 거리를 벌렸다.

"미래를 읽지 못한 기분이 어떻지?" 나는 오른손으로 계속 총을 겨눈 채 물었다.

"천국을 맛본 것 같은…… 최고의 기분이다." 지드가 대답했다.

아무리 미래를 예견해도, 그것을 근거로 아무리 몸을 움직여 피해도, 상대는 그 움직임을 토대로 '다시 예측해' 반응을 수정한다. 이 문제를 해결하기 위한 단순하고도 궁극적인 방법 하나.

이능력에 의존하지 않으면 되는 것이다.

나와 지드는 남은 한 정의 총을 서로에게 겨누고 대치했다.

지드는 반달 모양인 이를 보이며 웃었다.

나도 비슷한 표정을 짓고 있겠지.

✘　✘　✘

다자이는 자신을 향해 있는 총구를 조용하게 바라보았다.

"홍차가 아직이군, 다자이." 오가이가 말했다. "자, 앉게."

다자이는 미동조차 하지 않았다.

옆으로 돌아온 검은 양복을 입은 사람이 다자이의 미간에 자동소총을 들이댔다.

"오다 사쿠가 기다리고 있습니다."

"앉게."

다자이는 자신의 얼굴을 향해 있는 총구를 힐끔 본 뒤, 집무실 중앙으로 돌아갔다. 그리고 오가이의 정면에 서서 조용하게 말했다.

"계속 생각해 봤습니다. 마피아와 미믹과 검은 특수부대. 이 세 조직을 둘러싼 대립을 누가 조종하고 있을까. 그리고 안고가 이능력 특무과라는 사실을 깨달았을 때, 한 가지 결론에 이르렀습니다. 이건 이능력 특무과의 계략이라고 말입니다. 마피아와 미믹. 정부의 골칫거리인 두 범죄 조직을 서로 싸우게 하고, 되도록이면 같이 소멸하기를 바란다── 그게 특무과가 그린 시나리오이자, 이 항쟁의 정체라고 생각했습니다. 하지만 전 잘못 생각했던 거죠."

일단 거기에서 말을 끊고 다자이는 오가이를 바라보았다.

"이런 상황을 연출한 사람은 보스, 당신입니다. 범죄 조직 미믹의 위협을 이용해 이능력 특무과를 교섭 테이블로 끌어낸 거겠죠. 그리고 그 계략의 장기 말로서 주로 이용된 사람이 바로 안고입니다."

다자이는 반쯤 눈을 감은 채로 말했다.

"보스. 당신이 안고를 미믹 내부에 잠입시킨 이유는 미믹의 정보를 얻기 위해서가 아니었습니다. 왜냐하면 당신은 안고가 이능력 특무과라는 사실을 처음부터 알고 있었기 때문입니다. 그렇죠?"

오가이는 부정도 긍정도 하지 않고, "호오" 하고만 말했다.

"그렇게 되면, 여러 사실 관계가 변화합니다. 안고는 미믹 내부의 정보를 이쪽에 전달해 주는 동시에 이능력 특무과에도 정보를 전달하는 역할을 맡았습니다. 녀석들은 교섭도 타협도 원하지 않은 채 전쟁터를 찾아 헤매는 망령입니다. 그렇기 때문에 그 위험성은 마피아에 비할 바가 아닙니다. 이대로 가다간 머지않아 정부 기관과 충돌하게 되겠죠. 이능력 특무과는 그렇게 생각했습니다. 그래서 포트 마피아에게 미믹을 제거하게 하는 작전을 생각한 겁니다. 그리고 안고를 중개자로 삼아 미믹에게 정보를 흘리고 조작했습니다. 미믹이 작전에 걸려들면 마피아도 반격을 안 할 수 없겠죠. 이능력 특무과는 그런 생각으로 안고에게 작전을 지시했습니다 —— 당신이 노린 대로."

"너무 나를 높이 사면 난처한데." 오가이는 미소를 지었다. "정부 기관은 우리 마피아에게 있어서도 악마 같은 존재지. 손쉽게 조종할 수 있는 상대가 아니야."

"그러니까 이렇게 대대적인 그림을 그린 거겠죠. ——그 봉투에는 그만큼의 가치가 있습니다."

다자이는 오가이에게 있는 검은 고급 봉투를 가리켰다.

"말씀대로 이능력 특무과는 악마 같은 존재입니다. 포트 마피아가 아무리 강한 힘을 지니고 있어도, 이능력 특무과의 심기를 건드렸다가는 철저하게 탄압받을 가능성이 있기 때문에 항상 겁에 질려 있어야 했죠. 그래서 당신은 미믹을 제거하는 대가로서 그 증서를 발행해 달라고 거래를 제안했습니다."

오가이의 웃음이 더욱 깊어졌다.

다자이는 오가이에게 다가가 검은 봉투의 안에 들어 있는 무언가를 꺼냈다.

그 안에는 증서 한 장이 들어 있었다. 그 증서에는 유려한 글자로 문장이 적혀 있었고, 정부의 인감이 찍혀 있었다.

"이능력자 조직으로서 활동을 허가하는 증서—— '이능력 개업 허가증'을."

✖   ✖   ✖

화약이 작열하고, 탄피가 튀고, 굉음이 큰 홀을 가득 채웠다.

지드의 권총이 눈앞에서 나를 겨눴다. 나는 팔꿈치로 권총을 뿌리쳤다. 얼굴 바로 옆으로 총알이 작열했고, 귀의 옆을 스치며 날아갔다.

나는 권총으로 공간을 자르듯이 수평으로 반쯤 회전했다. 그리고 곧장 지드의 미간을 노렸다. 지드의 손이 아래에서 뻗어 와 내 팔꿈치를 붙잡았다. 궤도를 벗어난 총알은 공중의 샹들리에를 부수었다.

　팔꿈치와 손목, 손목과 총구가 부딪쳐 상대의 총이 자신을 꿰뚫는 걸 아슬아슬하게 막았다. 귀 위를, 턱 아래를, 총알이 스쳐 지나갔다. 서로 치고받을 수 있는 거리에서 총구는 계속 불을 뿜었고, 섬광이 두 사람 사이에 빛의 벽을 만들었다.

　지드의 방아쇠와 나의 방아쇠가 동시에 허공을 때렸다. 총알이 다 떨어진 것이다.

　나와 지드는 각각 오른팔을 교차시킨 채, 동시에 탄창을 교환하기 시작했다. 빈 탄창이 땅에 떨어졌다. 지드가 허리의 예비 탄창을 빼냈다. 나는 손목의 밴드에서 교환용 탄창을 빼냈다.

　지드는 예비 탄창을 총에 재장전하려고 움직였다. 하지만 나는 오른팔을 뿌리쳐 그 동작을 제지하면서, 왼손으로 탄창을 쥐고 휘둘렀다.

　탄창의 금속이 피부를 찢어 지드의 뺨에 붉은 피가 흩날렸다. 지드는 균형을 잃으면서도 장전을 마쳤다. 나는 지드에게 등을 밀착시키듯 회전하여 사격을 방해하면서, 몸을 반쯤 돌렸을 때에 팔꿈치를 휘둘렀다. 그 공격을 지드는 허리를 숙여 회피. 그리고 나는 원 운동을 끝마칠 때쯤에 탄창을 권총에 장전했다.

　동시에 우리는 서로의 눈앞에 총구를 겨누었다. 그리고 서로 상대의 오른쪽 손목을 왼손으로 붙잡았다.

　우리는 기묘한 자세로 움직임을 멈췄다.

내 눈앞에 바로 총구가 있었다. 지드의 눈앞에도 바로 총구가 있었다. 나는 지드의 총을 왼손으로 붙잡았고, 지드도 내 총을 왼손으로 붙잡았다.

왼쪽 눈에는 총구. 오른쪽 눈에는 끈적거리는 듯한 회색 시선.

"사쿠노스케…… 최고다. 왜 더 빨리 내 눈앞에 나타나지 않은 거냐."

"미안하군. 오늘은 철저하게 상대해 주마."

손목을 뿌리치려고 하면 그 사이에 총에 맞는다. 하지만 그건 상대도 마찬가지였다. 아주 미묘한 힘의 균형이 우리를 움직이지 못하게 했고, 대화를 할 수 있게 만들었다.

"왜 살인을 멈춘 거지? 사쿠노스케."

"왜 전쟁을 원하는 거지? 지드."

그때, 발소리가 들렸다.

여러 사람이 큰 홀을 향해 달려오는 소리다.

"너의 부하인가?"

"너의 동료인가?"

발소리는 무도회장의 앞과 뒤, 양쪽에서 들려왔다. 소리를 들어보면 총 열 명 정도. 미믹의 병사들이 온 것이라면, 도저히 지드까지 한 번에 상대할 수 없다. 때문에 병사들이 안으로 돌입하는 순간 먼저 지드를 쓰러뜨리고, 그 다음 병사들을 상대해야 한다.

발소리가 무도실 바로 근처까지 다가왔다.

밖에서 떡갈나무 문을 발로 차서 부수었다.

그 순간을 노려 지드의 손목을 떨쳐 냈다. 귓가에서 총소리가 울리며 화약 불꽃이 뺨의 털을 태웠다. 하지만 총에는 맞지 않았다.

지드도 마찬가지로 내 총알을 피했다.

지드와 나의 팔꿈치 안쪽이 교차했다.

이능력 덕분에 누가 이곳에 돌진해 왔는지 바로 알 수 있었다. 앞쪽은 마피아의 무장 조직원. 뒤쪽은 미믹의 병사들이다.

그것은 그들이 돌진해 들어오는 것과 거의 동시에 일어났다. 나와 지드는 서로의 팔을 감듯이 팔꿈치를 굽힌 다음 그대로 등 뒤의 적을 쐈다.

미믹의 병사들이 총에 맞아 뒤로 날아갔다. 뒤에서는 마피아도 똑같이 총에 맞았겠지.

지드가 무슨 생각을 하는지가 보였다. 방해꾼인 침입자들을 먼저 제거하자는 것이다. 나도 같은 생각이었다.

지드가 내 옷깃을 잡아끌었다. 내가 지드의 옷깃을 잡아끌었다.

서로 그 힘을 이용해 몸을 반쯤 돌려 등 뒤의 적을 정면으로 바라보았다. 총을 쏘았다. 미믹의 병사가 몸을 뒤로 젖혔다.


그곳은 무도실이었다.

중앙에는 우리가 있었다.

빈 탄피가 바닥에 떨어지며 박수 같은 소리를 냈다.

우리는 서로에게 기댄 채 적을 향해 계속 총을 쐈다.

등을 맞댄 채 눈앞의 적을 쐈다.

옷을 휘날리며 회전해 서로의 위치를 바꾸었다.

그리고 서로의 어깨를 받침대 삼아 총을 올리고 적을 쏘았다.

병사의 선혈이 벽에 흩뿌려졌다.

어깨와 어깨를 교차해 회전하면서 적을 쏘았다.

화약의 불꽃과 빈 탄피만이 우리 주변에서 반짝였다.

나도 지드도 총상으로 출혈량이 점차 한계에 다다라 갔다. 얼굴은 창백해졌고, 시야는 흐릿해졌다. 오로지 집중력만이 한없이 날카로워진 상태였다.

나와 지드는 한없이 죽음의 문턱에 가까운 장소에서 함께 춤을 추었다.

그곳은 이 세상이 아닌 장소였다.

이능력이 자동적으로 미래를 읽어 다음에 지드가 할 말을 내 뇌리에 새겼다.

"어떠냐, 사쿠노스케."

나는 그 말을 미리 읽고 지드가 묻기도 전에 먼저 대답을 했다.

"뭐가 말이지?"

하지만 사실 나는 아무 말도 하지 않았다. 말을 하기도 전에 지드가 내 말을 예견하고 대답을 했기 때문이다.

"이게 내가 원하던 세계다…… 이런 세계에 이르기 위해서, 이것을 위해 살아온 것이다."

우리는 서로 한마디도 하지 않았다.

단지 서로가 무슨 말을 하려는지 이능력으로 감지해 그 전에 대답할 말을 생각했다.

생각을 한 순간, 그것은 상대에게 전달되었고 상대는 무슨 대답을 할까를 생각했다.

"왜 이런 세계를 원한 거지?"

"너는 왜 살인을 멈춘 거냐."

그것은 거의 시간이 존재하지 않는 영원에 가까운 찰나였다.

이능력과 현실이 뒤섞여 어디까지가 실제 세계이고 어디까지가 미래의 예견인지 알 수 없는, 세계를 초월한 세계였다.

우리 두 사람 외에는 도달할 수 없는 세계. 우리가 서로 죽고 죽이지 않으면 도달할 수 없는 세계.

"나는 소설가가 되고 싶었다. 어떤 사람이 소설가가 되어야 한다고 말을 했거든."

"소설가라." 지드는 정지한 세계 안에서 웃었다. "너라면 될 수 있었을지도 모르지."

"그래."

소설가가 될 가능성이 있었던 세계가 존재했을지도 모른다.

"어떤 사람과 이야기를 했다. 그 사람은 나에게 소설을 줬지. 내가 계속 찾고 있던 소설의 하권을 말이야. 읽기 전에 형편없는 책이라고 신신당부를 하더군."

"어땠나?"

"그 책은……."

✖　✖　✖

"그 허가증을 얻기 위해 보스는 몇 년 전부터 계략을 세워나 갔습니다." 다자이는 집무실 책상 앞에 서서 말을 계속했다. "아마 2년 전, 안고가 유럽 출장을 갔을 때부터 이 계획은 진행되고 있었겠죠. 그곳에서 정보를 모아 가장 유망한 적이 될 확률이 높은 미믹에게 안고가 접촉하도록 했습니다. 미믹이 어떻게 유럽을 탈출해 일본에 밀입국할 수 있었는지 하는 수수께끼도 지금에 와서 생각해 보면 대답은 매우 간단합니다. 밀입국을 뒤에서 도와준 조직이 포트 마피아였던 거죠. 보스는 이능력 특무과의 애를 태워 행동에 나서도록 만들기 위해 일부러 적대 조직을 요코하마에 끌어들인 겁니다."

"다자이." 가만히 듣고 있던 오가이가 처음으로 말을 중간에 끊었다. "멋진 추리군. 정정해야 할 곳이 하나도 없어. 한 가지만 묻지. 그 행동의 어떤 점이 나쁘다는 거지?"

"………."

"말했잖나. 나는 조직 전체를 항상 생각하고 있네. 실제로 이렇듯 이능력 개업 허가증을 손에 넣어 사실상 정부로부터 불법 활동을 인정받았지. 난폭하고 귀찮은 녀석들은 지금 오다 사쿠노스케가 목숨을 걸고 제거하고 있고 말이야. 엄청난 공로가 아닌가. 그런데 자네는 왜 그렇게 화를 내는 거지?"

다자이는 입을 닫았다. 거의 처음으로 다자이는 자신의 감정을 설명할 수 없었다.

"저는……."

──쓰디쓴 삶을 억지로 연장하면서까지 손에 넣어야 할 건 아무것도 없어.

──이 산화하는 세계의 꿈에서 나를 깨워 달란 말이야.

"저는 단지." 쥐어 짜내듯이 다자이가 말했다. "이해할 수 없을 뿐입니다. 오다 사쿠가 부양하던 고아들의 은신처를 미믹에게 누설한 사람은 바로 당신이니까요. 당신 이외에 내가 선정한 은신처 정보를 입수할 수 있는 사람은 없습니다. 당신이 아이들을 죽인 겁니다. 오다 사쿠를, 미믹의 지휘관과 유일하게 겨룰 수 있는 이능력자를, 적과 싸우도록 만들기 위해서."

"내 대답은 똑같아, 다자이. 나는 조직의 이익을 위해서라면 어떤 일이든 할 거야. 하물며 우리는 포트 마피아, 이 도시의 어둠과 폭력과 불법의 집합체 같은 존재가 아닌가. 이제 와서 대체 무슨 소릴 하는 거지?"

다자이는 잘 알고 있었다. 오가이의 계산도, 심리도, 계획의 논리성도. 포트 마피아란 원래 그런 조직이다. 논리로 따지면 오가이가 올바르고, 다자이가 틀렸다.

"하지만……."

다자이는 발걸음을 돌려 출구를 향해 걸었다.

그 모습을 보고 오가이의 부하들이 일제히 다자이를 향해 총구를 겨누었다.

"자네는 가면 안 되네, 다자이." 오가이가 말리려는 듯이 말을 걸었다. "이곳에 있게. 아니면 오다에게 가는 합리적인 이유라도 있나?"

"하고 싶은 말이 두 가지 있습니다, 보스." 다자이는 뒤를 돌아 눈을 가늘게 뜨고 오가이를 바라보았다. "하나. 당신은 저를 쏠 수 없습니다. 부하가 절 쏘게 할 수도 없겠죠."

"왜지? 자네가 총에 맞기를 바라고 있기 때문에?"

"아니요. 이득이 없기 때문입니다."

오가이는 웃었다. "그건 그렇군. 하지만 자네에게도 내 말을 뿌리치고 오다에게 가 봐야 아무런 이득이 없을 텐데?"

"보스, 그게 두 번째입니다. 분명히 득이 될 건 없습니다. 제가 가는 이유는 단 하나. 친구이기 때문입니다. 그럼 이만 실례."

부하들이 총을 겨누고 방아쇠에 손가락을 걸었다.

다자이는 전혀 신경 쓰지 않은 채, 산책이라도 하는 듯한 발걸음으로 문을 향해 나아갔다.

부하들이 명령을 해 달라는 듯이 오가이를 바라보았다.

오가이는 팔짱을 끼고 다자이의 등을 엷은 미소를 지으며 바라보기만 할 뿐 아무런 말도 하지 않았다.

다자이는 문을 빠져나가 복도를 걸었고, 이윽고 시야에서 사라졌다.

✖　✖　✖

"하권은 멋진 책이었지." 나는 말했다.

지금까지 그토록 나를 빨아들이는 책을 읽은 적이 없었다.

모든 대사가 가슴을 울렸다. 모든 인물이 마치 자신인 것만 같았다.

그 책을 준 사람은 '형편없는 완성도'라고 평했지만, 내 감상은 완전히 반대였다. 거의 식사도 하지 않고 단번에 책을 읽어 내려갔다. 다 읽은 다음 바로 두 번째로 책을 읽기 시작했다.

그 책을 읽은 뒤로 뇌세포 하나하나가 완전히 다른 생물로 다시 태어난 것 같은 느낌을 받았다. 새벽에 빛나는 아침 해가 그렇듯이.

단 하나, 하권에는 결점이 있었다.

거의 마지막 즈음에 몇 페이지인가가 잘려 나가 없었던 것이다. 그 탓에 중요한 장면을 볼 수 없었다. 등장인물 중 한 명인 살인 청부업자가 살인을 그만두는 이유를 말하는 장면이었다.

그 살인 청부업자는 왜 살인을 그만두었는가. 다른 페이지에는 그 사실을 추측할 수 있는 정보가 없어 나는 고민을 거듭했다. 그 부분은 이야기상 중요한 전환점이 되는 장면이자, 살인 청부업자를 이해하기 위해서도 중요한 장면이었다. 하지만 이미 고서점에서도 책을 구할 수 없어 진상을 확인하기 어려웠고, 캐묻고 싶어도 수염이 난 남자는 더 이상 내 앞에 나타나지 않았다.

고민한 끝에 내가 내린 결론은,

──그렇다면 네가 써라.

내가 내린 결론은 '스스로 쓰는 것'이었다.

소설가가 되어 남자가 살인을 그만둘 때까지의 이야기를 한 권의 소설로 완성해 보는 것이다.

그리고 소설가가 되기 위해서는 사람이 살아간다는 것에 대해 진지하게 생각해 볼 필요가 있었다.

그리고 나는 살인을 그만두었다.

하권의 그 부분, 잘려 나간 장면 직전에 이런 대사가 있었다. 주인공이 살인 청부업자에게 말한 대사이다.

〈사람은 스스로를 구원하기 위해 살아간다. 죽기 직전에 그걸 알게 되겠지.〉

나는 살인을 그만둔 뒤, 계속 그 의미를 생각해 왔다.

깊은 의미는 없을지도 모른다. 정보와 정보 사이를 연결하는 대사에 불과했을지도 모른다.

하지만 그 대사를 보고 있으면 신기하게도 책을 준 수염 난 남자가 떠올랐다.

지금에 와서 돌아보니, 이런 생각도 든다.

그 남자는 어쩌면 내가 살인 청부업자라는 걸 알고 있었던 게 아닐까.

다 알면서 살인을 그만두게 하려고, 말을 걸어 준 것이 아니었을까.

하권을 준 것도 그렇고, 잘려 나간 장면과 '네가 써라'는 말.

그 수염 난 남자는 나에게 '스스로 자신을 구해 내라'고 말하고 싶었던 게 아닐까. 거의 의심도 없이 나는 그렇게 생각했다.

처음 만났을 때 남자는 나에게 이름을 말해 주었다.

계속 잊고 있었지만, 최근 들어서 나는 그의 이름을 기억해 냈다.

남자의 이름은 나츠메 소세키.

그 소설의 표지에 적혀 있던 저자의 이름과 같은 이름이었다.

"나는 영웅이었다." 지드가 말했다.

지드는 전쟁터에 있었다.

조국을 위해, 대의를 위해. 옆에서 같이 싸우는 전우를 위해.

일찍이 전 세계를 말려들게 한 큰 전쟁에서 수많은 승리를 거머쥐었고, 수없이 많은 아군을 구했다.

지드는 영웅이었다.

자신은 군인이기에, 조국을 지키는 것, 자신을 키워 준 토지에서 살아가는 사람들을 위해 싸우는 것, 그들을 위해 죽는 것이 자신의 천명이라고 믿었다.

어느 전투에서 지드는 요새에 틀어박힌 600명이나 되는 적을 불과 40명에 불과한 부하를 이끌고 제압하는 데 성공했다. 적을 모두 죽이고, 요새를 점령했다.

하지만 그것은 아군 본부의 계략이었다. 이미 그때 본국에서는 평화 교섭이 거의 완료되어 있었다. 평화 조약이 맺어진 후인데도 불구하고 적의 요충지를 짓밟아 교통망을 확보하려는 군 막료 간부의 불의에 지드는 이용당한 것이다.

이미 평화 교섭이 끝난 뒤의 침공이었기 때문에 지드의 요새 공격은 전쟁 범죄 취급을 받았다. 배신자인 지드와 동료들을 토벌하기 위해 아군의 병사가 파견되었다. 지드와 마흔 명의 병사들이 살아남기 위해 할 수 있는 일이라고는 적의 장비를 노획한 뒤, 적이 된 것처럼 가장하여 포위망을 돌파하는 것뿐이었다.

반역자를 죽이기 위해 다가오는 무수히 많은 동포들. 지드와 부하들은 적의 총화기——'회색 유령'이라고 불리는 권총을 손에 들고, 적의 군복을 입고, 같은 조국의 사람들과 서로 죽이고 죽였다.

가짜(미믹) 적병으로서. 이미 죽은 적병의 유령으로서.

동포를 죽이고 포위망을 돌파해 살아남았다. 하지만 그들이 살 수 있을 만한 곳은 존재하지 않았다. 그들은 전쟁 범죄자이자, 죽은 사람들이자, 나라 없는 군인이었다.

그 뒤로 그들은 유랑을 계속했다. 불법 용병으로서, 당당하게 내세우기 어려운 지저분한 일을 받아들였다. 그들에게서는 더 이상 영웅의 모습을 찾아볼 수 없었다. 조국을 지키기 위해 싸우고 죽었어야 할 그들의 목숨은 다른 누군가를 위해 사용되는 일 없이, 계속 빛이 바래고 더러워져 땅에 떨어져 갔다.

부대 안에서는 자살하는 사람들도 나왔다. 지드는 그들을 막지 않았다. 무슨 말로 그들을 말릴 수 있단 말인가.

하지만 죽지 못하는 자도 있었다. 그들은 어디까지나 군인이었다. 스스로 목숨을 끊는 것은 군인이라는 사실을 부정하는 일이었다. 싸우고, 상처 입고, 동료를 잃고, 그럼에도 다시 일어서는 것. 그것이 그들이 일찍이 군인이었다는 증거이자, 지금도 그들을 군인으로서 행동할 수 있게 해 주는 혈액이었다.

그들은 전쟁터를 원했다. 군인이라는 것을 증명해 줄 수 있는 장소를. 무언가를 위해 싸우고, 설사 죽는다 하더라도, 자신들이 어떤 사람들이었는지를 떠올릴 수 있도록 해 주는 장소를.

그들은 전쟁터를 헤매는 유령이 되었다.

조국을 잃고, 긍지를 잃고, 그저 적을 찾아 계속 싸우는 황야의 원령이 되었다.

지드는 긴 이야기를 했다. 동시에 나도 길게 이야기를 했다.

시간은 무한하게 늘어졌고, 우리는 서로가 서로의 대사를 계속 미리 읽었다.

현실 세계로 따지면 1초에도 미치지 않는 시간이었다. 현실 세계에서 나는 미믹 병사들을 쏴 죽였고, 지드는 마피아 조직원을 쏴 죽인 참이었다.

그 세계에서 나는 지드에게 총을 겨냥하려고 했다. 지드도 나를 겨냥하겠지.

"이제 끝이 가깝군." 시간이 늘어진 세계에서 지드가 말했다.

"가르쳐 줘, 지드." 시간이 늘어진 세계에서 내가 말했다. "다른 장소를 찾아볼 생각은 안 해 봤나? 도중에 살아가는 방식을 바꿀 수는 없었던 건가? 전쟁터를 찾아 헤매고, 죽음을 찾아 헤매는 것 외에 무언가 다른."

"도중에 삶의 방식을 바꿔? 그런 짓을 할 수 있을 리가 없지 않나." 지드는 미소를 지었다. 회색 눈동자에 슬픔이 서려 흔들렸다. "나는 동료들에게 군인으로서 죽겠다고 맹세했다. 그 외의 다른 사람이 되기란 불가능하지."

우리는 서로를 향해 총을 겨누었다. 하지만 한편으로는, 영원한 세계에서 조용히 서로를 바라보면서 친구처럼 대화를 나누었다.

지드는 나를 바라보고 있었다. 그 시선에서는 진지한 감정이 엿보였다.

"하지만…… 어쩌면 가능했을지도 모르지. 훨씬 더 전에 삶의 방식을 굽혔다면 군인이 아닌 무언가가 될 수 있었을지도……. 네가 살인을 그만둔 것처럼. 너 같이 마음이 강했다면, 나도 언젠가……."

이제 무도실에는 살아 있는 사람이 둘밖에 없었다.

우리는 서로의 심장에 총구를 겨누었다.

지드는 방탄복을 안 입었다. 나도 조금 전 전투 때에 방탄복을 벗어 버렸다. 가슴에 총을 맞으면 그게 치명상이 되겠지.

이미 방아쇠는 당겼다. 총알이 권총 안을 이동하는 중이었다.

하지만 우리는 그저 미소를 지으며 서로를 바라보았다.

길고 긴 대화를 하면서 우리는 오래된 친구처럼 서로에 대해 속속들이 알게 되었다.

──여러 이능력이 서로 얽힌 결과, 아주 드물게 전혀 예상하지 못했던 방향으로 능력이 폭주하는 일이 확인되었다나 봐요.

이 세계가 '이능력의 특이점'인가.

"한 가지 미련이 있다." 나는 말했다. "친구에게 작별 인사를 하지 못한 거다. 현실 세계에서 계속 '평범한 친구'로 남아 주었던 남자지. 세계가 따분해 계속 죽음을 기다리고 있었지만."

"그 남자도 나처럼 죽음을 원하는 건가?"

"아니." 나는 대답했다. "달라. 처음엔 나도 너와 다자이가 닮았다고 생각했지. 자신의 목숨을 가치 있게 보지 않고, 죽음을 원하며 폭력과 싸움 속으로 뛰어드는 모습이 말이야. 하지만 아니었어. 그 녀석은 너무 머리가 좋은 어린아이일 뿐이야.

어둠 속에서 우리가 보는 세계보다 훨씬 더 아무것도 없는 허무한 세계에 홀로 남아 계속 울고만 있는 어린아이."

그 녀석은 머리가 너무 좋아서 탈이다.

그래서 언제나 고독했다.

나와 안고가 다자이 곁에 있을 수 있었던 것은 다자이 주변을 감싸고 있는 고독을 이해한 상태로 곁에 서 있으면서도 결코 그 안으로 발을 내딛지 않았기 때문이다.

하지만 지금에 와서는 왜 그 고독에 억지로라도 들어가 보지 않았을까 하고 조금 후회하는 중이다.

우리들의 총구에서 총알이 발사되었다.

총알이 가슴속으로 파고들었다.

"마지막까지 대단한 총알이군." 지드가 웃었다. "부하들을 만나러 가겠네. 아이들에게 안부 전해 주게."


나와 지드의 가슴에 총알이 박혔다.


그때 '특이점'이 사라졌다.

총알이 우리의 가슴을 관통했다. 그리고 옷도 관통하여 뒤쪽으로 빠져 나갔다.

나와 지드는 똑같은 타이밍에 똑같은 자세로 하늘을 바라보며 쓰러졌다.

그때 발소리가 들려왔다.

"오다 사쿠!"

✖   ✖   ✖

다자이는 저택 안을 달려 무도실 안으로 들어갔다.

그곳에 이르는 길에도, 무도실에도, 수많은 시체가 있었다.

다자이가 떡갈나무 문을 발로 차듯이 때려서 열자, 그 앞에 쓰러져 있는 친구가 보였다.

"오다 사쿠!"

"다자이……."

다자이는 오다 사쿠에게 달려가 상처를 확인했다. 총알이 가슴을 관통해 바닥에 어마어마한 피 웅덩이가 생겼다. 명백하게 치명상이었다.

다자이는 오다 사쿠의 옆에 무릎을 꿇고 몸을 숙였다.

"오다 사쿠, 참 바보구나. 자네는 정말 엄청난 바보야."

"그래."

"이런 녀석과 어울리다 죽다니, 정말 바보야."

"그래."

오다 사쿠는 미소를 지었다. 그 표정에는 자신이 치른 대가에 걸맞은 일을 이룬 사람만이 지을 수 있는 일종의 만족감이 서려 있었다.

"다자이…… 해 두고 싶은 말이 있어."

"안 돼, 말하지 마. 아직 살 수 있을지도 모르잖아. 아니,

분명 살 수 있을 거야. 그러니까 그렇게."

"들어." 오다 사쿠는 피에 젖은 손으로 다자이의 손을 잡았다. "너는 말했었지. '폭력과 피의 세계에 들어와 있으면 살아갈 이유를 발견할 수 있을지도 모른다.' 고……."

"그래, 말했지. 말했지만 그건 지금."

"발견할 수 없어."

오다 사쿠는 속삭이는 듯한 목소리로 말했다. 다자이는 오다 사쿠를 바라보았다.

"너도 잘 알고 있을 텐데? 사람을 죽이는 사람이 되든, 사람을 구하는 사람이 되든, 네가 생각하는 것을 초월하는 무언가는 나타나지 않아. 이 세상에는 너의 고독을 메울 만한 것이 존재하지 않는 거지. 너는 영원히 어둠 속을 헤매게 될 거야."

――이 산화하는 세계의 꿈에서 나를 깨워 달란 말이야.

그때 다자이는 처음으로 깨달았다.

다자이 자신이 생각했던 것보다도 훨씬 오다 사쿠노스케는 다자이를 잘 이해하고 있었다. 심장 근처, 마음속 중추에 가까운 곳까지. 이렇게까지 자신을 깊게 이해해 준 사람이 있었다는 사실을, 다자이는 지금까지 눈치채지 못했다.

다자이는 거의 태어나서 처음, 진심으로 알고 싶은 것이 생겼다. 그래서 그것을 눈앞의 사람에게 물었다.

"오다 사쿠…… 나는 어쩌면 좋지?"

"사람을 구하는 쪽이 돼라."

오다 사쿠는 말했다.

"둘 다 똑같다면 착한 사람이 돼라. 약한 사람을 구하고, 고아를 지켜라. 정의도 악도 너에게는 큰 차이가 없겠지만…… 그 편이 다소나마 멋지니까."

"그걸 어떻게 알지?"

"당연히 알지. 그 누구보다도 아주 잘 알아."

다자이는 오다 사쿠의 눈을 바라보았다.

오다 사쿠의 눈에는 확신에 찬 빛이 서려 있었다. 무언가 강력한 근거가 있기에 하는 말임에 틀림없었다. 과거의 경험이, 누군가의 조언이── 예전에 자신이 지나온 길을 다자이에게 알려 주려고 하는 것이다. 다자이는 그 사실을 알 수 있었다.

그래서 다자이는 믿기로 했다.

"……좋아. 그렇게 하지."

"'사람은 스스로를 구원하기 위해 살아간다. 죽기 직전에 그걸 알게 되겠지.'라…… 그 말대로……였어……."

오다 사쿠의 표정에서 급격하게 핏기가 사라져 갔다. 창백한 얼굴로 오다 사쿠는 미소 지었다.

"카레가 먹고 싶군……."

오다 사쿠는 떨리는 손가락으로 코트에서 담배를 꺼냈다. 그리고 느릿하게 담배를 입에 물었다.

성냥을 꺼내려고 했지만 더 이상 손가락에 힘이 들어가지 않았다. 다자이가 옆에서 성냥을 들고 담배에 불을 붙여 주었다.

오다 사쿠는 눈을 감고 불이 붙은 담배를 빨아들이더니, 만족한 듯 미소를 지었다.


담배가 바닥에 떨어졌다.


다자이는 오다 사쿠 옆에 무릎을 꿇은 채, 얼굴을 천장 쪽으로 들어 올린 뒤 눈을 감았다.

꾹 다문 입술이 작게 떨렸다.

담배 연기가 똑바로 피어올랐다.

말을 하는 사람은 아무도 없었다.

# 종장

항쟁이 끝나고 거리는 다시 활기를 되찾았다.

겉만 봐서는 항쟁 전이나 후나, 거리는 아무런 변화도 없는 것처럼 보였다. 경제는 활발히 돌아갔고, 사람들은 일어났다가 잠들었고, 낮의 활기와 밤의 폭력이 반복되었다.

밝은 사회도 암흑사회도, 아무런 변화가 없는 것처럼 보였다.

✕　　✕　　✕

해안선이 내려다보이는 상공을 프로펠러가 달린 경비행기가 날았다.

비행기 안에 탄 사람은 몇 명에 불과했다.

"이제 한 시간 정도면 다음 임지에 도착합니다."

승객석에서 양복을 입은 젊은 남자가 말을 걸었다.

"그래, 알았어."

창가의 리클라이닝 시트에는 안경을 낀 남자가 앉아 손에 든 몇 장의 종이를 열심히 바라보고 있었다.

"……사카구치 수사원. 그 사진은 다음 표적입니까?" 양복을 입은 젊은 남자가 말을 걸었다.

둥근 안경을 쓴 남자── 안고는 당황해 사진을 옷 안에 집어넣었다. 마치 그것을 동료에게서 숨기듯이.

"아니, 아무것도 아니야. 그냥 개인적인 사진일 뿐."

사진을 집어넣은 안고는 창밖을 향해 시선을 돌려 눈 아래의 도시를 나른한 표정으로 바라보았다.

✖　✖　✖

요코하마의 지하 수로를 몇몇 그림자가 질주했다.

미믹 병사의 잔당이 셋. 검은 지하 수로를 통해 도주하고 있었다. 저택에서 벌어진 전투 때에 참여하지 않았기 때문에 살아남은 패잔병들이었다.

뒤에서 검은 천이 칼날처럼 뻗어와 미믹 병사 한 명을 반으로 잘랐다.

남은 미믹 병사는 뒤로 돌아 기관단총을 난사했다. 지하 수로에 총구의 불꽃이 점멸하며 어둠을 밝혔다.

"──소용없다."

뒤에서 검은 외투를 입은 소년이 나타났다. 살아 있는 생물 같은 검은 외투가 좁은 통로 안에서 춤을 추며 병사들을 잇달아 학살했다.

"더 강하고── 더 높은 곳으로! 그 사람이 인정할 때까지 군인에게도, 총에게도, 이능력자에게도! 그 누구에게도 지지 않겠다! 그러니까 봐라! 나를 보란 말이다!"

더욱 빠르게 살육의 춤을 추며 아쿠타가와가 외쳤다. 비통하기까지 한 그 외침은 요코하마의 밤에 빨려들어 갔다.

✖   ✖   ✖

요코하마의 거리가 내려다보이는 언덕 위, 숲이 무성한 산길 한가운데에 바다가 보이는 묘지가 있었다.

그리고 그곳에는 몇몇 새로 만들어진 무덤이 늘어서 있었다. 작고 흰, 이름이 새겨져 있지 않은 묘비였다.

그 묘비 앞에 다자이가 서 있었다.

검은 상복을 입고 흰 꽃을 든 채 서 있었다.

"………."

갑자기 강한 바닷바람이 불어 다자이는 눈을 가늘게 떴다. 흰 꽃다발이 바람에 흔들려 소리를 냈다.

"사진, 이곳에 놓아둘게."

다자이는 사진 한 장을 꺼내 묘비 앞에 놓아두었다.

사진 안의 세 사람은 시간이 멈춘 곳에서 결코 사라지지 않을 미소를 새기고 있었다.

"단단한 두부, 대접을 해 주고 싶었는데 말이야……."

다자이는 선 채로 가만히 눈을 감았다. 그리고 그 상태로 움직이지 않았다.

×　　×　　×

　요코하마 중심가의 1등지. 푸르게 우뚝 서 있는 마피아의 본부 빌딩.

　그 건물 최상층에 있는 집무실에서 오가이는 턱을 괴고 있었다.

　"'위의 사람은 태연자약하지만 복잡하고 어지러운 모든 일을 시원스럽게 해결하니' 라……."

　집무실 책상에는 무수히 많은 서류가 어지럽게 흩어져 있었다. 마피아 지배 지역의 손해 보고서였다. 난잡하게 놓인 서류 위에는 오가이가 일전에 직접 쓴 '은색 탁선' 이라고 불리는 종이가 놓여 있었다. 항쟁 종결 뒤, 저택에서 회수한 것이다.

　오가이는 종이를 무심하게 손에 들고 바라보았다.

　옆에 서 있던 부하가 말을 걸었다.

　"보스. 간부인 다자이 님이 소식을 끊은 지 벌써 2주째입니다. 슬슬 다음 간부를 결정하기 위해 5대 간부회를……."

　"응…… 그러네."

　오가이는 별 흥미가 없다는 듯이 대답을 한 뒤, 들고 있던 종이를 접기 시작했다.

　"간부회는 안 열어. 다자이가 있던 자리는 공석으로 그냥 둘 생각이거든."

　오가이는 책상 위에 어지럽게 흩어진 보고서를 바라보았다.

조직은 그곳에 계산된 금전적 손해, 그리고 재능 있는 부하들을 잃은 손실을 모두 합한 것보다도 많은 이익을 손에 넣었다. 다자이의 실종도 예상 범위 안. 논리적으로는 최고의 결과였다. 계획대로였다.

오가이는 종이를 볼품없는 비행기 모양으로 접은 뒤, 턱을 괸 채 손가락으로 날려 버렸다.

볼품없는 종이비행기는 조금 날다가 금세 바닥에 떨어졌다.

"따분해지겠어……."

✖　　✖　　✖

요코하마의 환락가. 형형색색의 네온사인이 늘어서 있고, 한밤중까지 많은 사람들로 시끌벅적한 곳.

오렌지색 초롱이 매달린 술집에서, 머리가 희고 몸집이 큰 남자가 혼자 테이블 앞에 앉아 있었다.

시끄러운 싸구려 술집이었다. 머리카락이 흰 거한은 차분한 표정으로 혼자서 작은 술잔의 술을 들이켰다.

"내무성의 중진이 이런 싸구려 술집에서 혼자 술잔을 들이켜다니…… 너무 적적해 보입니다, 다네다 장관님."

갑자기 맞은편 자리에 앉은 청년이 그렇게 말을 걸어 머리카락이 흰 남자── 다네다는 깜짝 놀라 고개를 들었다.

"자네는……."

"술을 따라드리겠습니다."

맞은편 자리에 앉아 생글거리며 웃는 청년—— 다자이는 술병을 기울여 작은 술잔에 술을 따랐다.

다네다 장관은 그 술잔을 받고 단숨에 술을 들이켠 뒤, 흘끔 다자이를 바라보았다.

"자네의 얼굴은 보고서에서 자주 봤네. 요주의 감시 리스트에 항상 올랐지. ——어떻게 이곳을 알았나?"

"대부분의 일은 조사하면 다 압니다." 다자이는 미소를 지으며 어깨를 으쓱 들어 올렸다.

"자네는 한동안 조직에서 모습을 감췄던 걸로 아는데…… 무슨 일인가?"

"이직할 곳을 알아보고 있습니다. 어디 추천해 주실 만한 곳은 없습니까?"

다네다 장관은 깜짝 놀란 표정을 지으며 다자이를 바라보았다.

다자이는 생글생글 웃고 있었다.

"너무 갑작스러워 믿기 어렵군. 묻고 싶은 일은 산더미 같네만……." 다네다 장관은 손으로 턱을 쓰다듬었다. "특무과 지망인가? 그렇다면——."

"그쪽은 거절하겠습니다." 다자이는 쓴웃음을 지었다. "규칙이 너무 많은 직장은 적성에 맞지 않아서요."

"그럼 어떤 곳을 원하지?"

"사람을 도울 수 있는 곳이요." 다자이가 즉각 대답했다.

다네다는 팔짱을 끼고 다자이를 아무 말 없이 쳐다보았다.

"자네의 경력은 너무 지저분해. 경력을 세탁하려면 2년 정도 지하에 숨어 있을 필요가 있네. 하지만…… 일단은 질문에 대답을 해 줄까? 갈 만한 곳이 없진 않아."

"그곳이 어디죠?"

"이능력자를 모아놓은 무장 조직이다. 군경이나 시 경찰에게 의지하지 않은 채, 회색 지대의 번잡한 일을 맡아 해결하지. 그 사장은 사려가 깊은 남자니, 자네의 희망을 들어줄지도 모르네."

다자이는 고개를 끄덕인 뒤, 눈을 감았다. 무언가 중요한 것을 생각하는 듯했다. 그리고 결의를 다진 듯 눈을 뜨고 물었다.

"그 조직의 이름은요?"

"이름? 그 회사의 이름은……."

# 후기

안녕하세요, 아사기리입니다.

고(故) · 오다 사쿠노스케 선생님이 생전에 즐겨 드셨다는 음식인 오사카의 비빔 카레를 인터넷으로 주문해 먹어 보았습니다. 맵습니다. 근데 맛있어요. 그래도 맵습니다. 물을 드는 손의 움직임을 멈출 수 없습니다. 하지만 다 먹은 순간, 다음에 또 먹을 계획을 세우게 되는 그런 카레였습니다. 한밤중에 이 글을 읽고 계신 분들께 사과드립니다.

각설하고, 소설 『문호 스트레이독스』도 이번 '다자이와 암흑시대'로 2권째입니다.

만화 본편의 2년 전을 그린 소설 1권 '다자이의 입사 시험'에 이어서, 이쪽은 만화에서 4년 전, 다자이가 마피아 간부였을 때의 이야기입니다.

타이틀의 유래는 화가 파블로 피카소의 초기(청년기)의 작풍 '청색 시대'를 비튼 것입니다. 문호 · 다자이 오사무 선생님도 젊은 시절엔 꽤 품행이 불량하셨는데, 문호 스트레이독스에 나오는 다자이도 그에 뒤지지 않을 만큼 위험한 청춘, 아니 '흑춘(黑春)'을 보냈습니다.

자, 여기서부터는 여담입니다.

이 소설의 골자가 만들어진 계기는 어떤 사진이었습니다.

문호 · 다자이 오사무, 오다 사쿠노스케, 사카구치 안고는 모두 '무뢰파(無賴派)'라고 불리는 작가였습니다.

세 사람은 긴자의 바에 모여 술을 마시면서 문단에 관한 이야기, 소설에 관한 이야기, 가족에 관한 이야기는 물론 하나 마나한 잡담을 하기도 하는 등, 서로 교류를 나누었다고 합니다.

가나가와 근대 문학관에 그 세 사람이 즐겁게 대화를 나누는 모습이 찍힌 사진이 있었습니다(촬영한 사람은 사진가 · 하야시 다다히코). 다자이 오사무는 멋을 잔뜩 부리며 스툴에 다리를 올려놓았고, 오다 사쿠노스케는 카메라를 향해 시익 웃었고, 사카구치 안고는 유리잔을 한 손에 들고 다자이의 이야기에 귀를 기울이는 모습이었습니다. 카메라 앞이라고 생각하기 어려울 정도로 편안한 모습으로(아무튼 당시의 카메라는 엄청나게 컸고, 촬영도 섬광 전구를 매번 바꾸어야 할 만큼 엄청난 작업이었으니), 허물없는 분위기를 느낄 수 있었습니다. 이미 문단을 대표할 정도의 대작가였던 세 사람이었지만, 상당히 스스럼없는 관계였던 듯합니다. 즉, '친구' 사이였던 것이죠. 이렇듯 서로 공명할 수 있는 관계는 쉽게 손에 넣을 수 없고, 혹시 잃기라도 하면 되돌릴 수가 없는 관계라는 것 정도는 문호가 아닌 우리도 뼈저리게 알고 있는 일입니다.

그리고 그 사진이 촬영된 지 불과 9일 후, 오다 사쿠노스케는 결핵으로 인해 대량 각혈을 일으켰고, 얼마 안 돼 이 세상을 떠납니다.

장례식에 다자이 오사무는 "오다 사쿠! 자네는 멋진 인생을 살았네."라고 하는 추도문을 보냅니다. 그리고 그 후 다자이 오사무도 사카구치 안고도 이 세상을 떠났지만, 지금도 사진만은 남아 있습니다.

'결코 돌아오지 않는 것이 새겨져 있는 필름'. 그것이 이번 이야기의 시작이었습니다.

알고 계시듯이 『문호 스트레이독스』에는 실제 소설가들과의 공통점뿐만이 아니라, 차이점, 사실(史實)과 반대되는 설정 등도 매우 많습니다(예를 들면 다자이 오사무는 아쿠타가와 류노스케를 계속 동경했었습니다). 사실과 동떨어진, 독립된 이야기라는 걸 전제로 읽으셔도 아무런 문제가 없습니다.

하지만 작가분들이 남긴 사소한 반짝임(예를 들면 작품 내의 한마디, 또는 사진에 새겨진 무언가)이야말로 문호의 본질이자, 그분들이 후대에 남겨 주신 유산이 아닐까요. 그런 것이 없다면 이 작품은 '문호'라는 제목을 붙일 가치가 없는 게 아닌가(호들갑스럽지만) 하는 생각이 듭니다.

진지한 이야기가 되어 버렸지만, 여러분 덕분에 크게 호평을 받고 있는 소설판, 실은 3권도 예정되어 있습니다. 1년간, 만화 네 권, 소설 세 권이 나올 만큼 아주 바쁜 일정이었지만, 시끌벅적해진 문호 스트레이독스의 세계를 계속해서

즐겨주셨으면 하는 바람입니다.

마지막으로 이번에도 미려한 일러스트를 그려 주시고 멋진 캐릭터를 디자인해 주신 '문호 스트레이독스의 콤비'인 파트너·하루카와 산고 선생님, 작품에 협력해 주신 편집·광고·유통·서점 관계자 여러분, 감사합니다!

다음 권으로 또 찾아뵙겠습니다.

**아사기리 카프카**

# 문호 스트레이독스 다자이 오사무와 암흑시대 〈2〉

2016년 06월 25일 제1판 인쇄
2024년 01월 24일 제12쇄 발행

**지음** 아사기리 카프카 | **일러스트** 하루카와 산고 | **옮김** 문기업

**발행** 영상출판미디어(주)
**등록번호** 제 2002-000003호
**주소** 07551 서울특별시 강서구 양천로 570 NH서울타워 19층
**대표전화** 02-2013-5665

**ISBN** 979-11-319-4447-9
**ISBN** 979-11-319-4230-7 (세트)

BUNGO STRAY DOGS volume 2 DAZAI OSAMU TO KURO NO JIDAI
ⒸKafka Asagiri 2014 ⒸSango Harukawa 2014
First published in Japan in 2014 by KADOKAWA CORPORATION, Tokyo
Korean translation rights arranged with KADOKAWA CORPORATION, Tokyo.

구매 시 파손된 도서는 구매처에서 교환하실 수 있습니다.
기타 불편사항, 문의사항이 있으신 독자님께서는 노블엔진 홈페이지 [ http://novelengine.com ] 에서
Q&A 게시판을 이용해 주시기 바랍니다.

노블엔진(NOVEL ENGINE)은 영상출판미디어(주)의 라이트노벨 및 관련서적 브랜드입니다.

# 아사기리 카프카 작품리스트

◆

최강의 길을 걷는 격투 액션 판타지!
새로운 시련, 무술대회 개막!

# 무예에 몸을 바친 지 백여 년, 엘프로 다시 하는 무사수행 4

**초판한정 특별부록**
고급 일러스트 책갈피

온 나라의 강자가 모인다고 하는 「무술대회」 소문을 접하고 참가를 결의하는 슬라바 일행. 격전이 예상되는 대회를 대비해, 각자가 한층 단련에 힘쓴다! 그 가운데, 슬라바의 지도를 받으며 오의를 연구하려는 셰릴은 「무술의 벽」에 부딪힌다. 천재인 까닭에 처음 경험하는 좌절 속에서, 셰릴의 마음속에 생긴 것은──!?
그리고 시작되는 무술대회. 대회를 큰 분수령으로 본 슬라바는 과거의 제자 아르마에게 선언한다. ──
"선생님이 대회에서 우승하면…… 그때, 전하고 싶은 게 있습니다."
싸움 속에서 【진실】을 찾아서, 하얀 광희와 푸른 영웅이 열기가 소용돌이치는 무대를 현란하게 춤춘다!

©Kakkaku Akashi, bun150 2015
KADOKAWA CORPORATION, Tokyo.

**엘프로 다시 걷는 무예의 길
한계를 돌파하는 시리즈 제4탄!**

아카시 칵카쿠 지음 | bun150 일러스트 | 손종근 옮김

청춘의 상상, 시동을 걸어라!

# 감옥학교에서 문지기를

## 1

**초판한정 특별부록**
고급 일러스트 책갈피

감옥학교.
그곳은 나라가 인정한 가장 위험한 인물만을 모아, 교
정되기 전까지는 영원히 나갈 수가 없는 가장 흉악하고
가장 악독한 학교이다.
취직활동 99연패 중인, 오랜 시간 지하에 틀어박힌 청
년 클레토 댈러스에게 갑자기 날아온 것은, 그 감옥학
교의 문지기로 채용한다는 통지였다.
"감옥학교에 잘 왔어요. 여기가 당신의 못자리죠. ……
아마도요."
성적이 우수한 '반지생' 소녀 질리아의 지도 아래, 문
지기 일을 시작한 클레토. 하지만 고인(古人) · 수인(獸
人) · 용인(龍人) · 거인(巨人) · 우인(羽人), 다종다양한
종족이 모인 학교는 말 그대로 무법지대인데——.
그리고 클레토는 점차 학교의 뒤에 숨겨진 나라마저 위
협하는 〈어둠〉을 알게 된다.

### 제20회 전격문고 소설 대상,
### 최종 선고작이 드디어 등장!

© Kuji Furumiya    ILLUSTRATION : Yasumo
ADOKAWA CORPORATION ASCII MEDIA WORKS

**후루미야 쿠지** 지음 | **야스모** 일러스트 | **이원명** 옮김
청춘의 상상, 시동을 걸어라!

# 우울한 빌런즈

## 1

**초판한정 특별부록**
## 고급 일러스트 책갈피

카미츠키 레이니 지음 / 키무라 다이스케 일러스트
©2012 KAMITSUKI RAINY
Illustrated by Daisuke KIMURA

사라진 친구. 여중생의 연속 실종 사건. 고등학생 '카사기 카네스케'의 주변에 연달아 일어나는 이변. 카사기 카네스케는 여느 때와 같지만 조금은 음울한 분위기의 등굣길에 버스 납치 사건과 맞닥뜨리게 된다. 그곳에서 만나게 된 파란 눈동자의 신비한 소녀 '오비나타 츠키요'. 그녀를 통해 알게 된 잔혹한 그림책에 대한 이야기. [빨간 모자]의 거짓말쟁이 늑대, [백설공주]의 심술쟁이 왕비, [푸른 수염]의 살인광 남작. 그 동화책의 악역들은 '그림책'을 소유한 사람에게 빙의하여, 잔인한 욕망을 드러낸다고 한다.

### 절대로 읽어서는 안 되는 동화책을 둘러싼 장대한 싸움의 막이 오른다.

**NOVEL ENGINE** 카미츠키 레이니 지음 | 키무라 다이스케 일러스트 | 신우섭 옮김
청춘의 상상, 시동을 걸어라!

타치바나 코우시 × 하이무라 키요타카
「퀄리디아 코드」 카나가와 사이드 스타트!!

# 언젠가 세계를 구하기 위해서
## —퀄리디아 코드—

## 1

**초판한정 특별부록**
## 고급 일러스트 책갈피

서기 2049년. 갑자기 나타난 정체불명의 『적』—— 〈언노운 (Unknown)〉과 전쟁을 계속하고 있는 인류. 어느 날, 도쿄 만을 지키는 방위도시 중 하나인 카나가와 학원에 전학생이 온다. 그 이름은 시노미야 아키라. 아키라의 목적은 『카나가와 서열 1위 텐카와 마이히메의 **암살**』. 하지만 『최강』의 칭호를 지닌 인류의 희망인 소녀의 힘은 그야말로 상상을 초월하는데……. 「훔쳐보는 게 아니다. 감시하는 거다.」 「변태 행위가 아니라, 조사다.」 그렇게 마이히메의 모든 것을 알기 위한 관찰이 시작되었다?!

「역시 내 청춘 러브코메디는 잘못됐다」 와타리 와타루
「변태왕자와 웃지 않는 고양이」 사가라 소우
「데이트 어 라이브」 타치바나 코우시

——세 작가가 선보이는 「퀄리디아 코드」 카나가와 사이드 스타트!!

타치바나 코우시(speakeasy) 지음 | 하이무라 키요타카 일러스트 | 이승원 옮김

청춘의 상상, 시동을 걸어라!

# 천공감옥의 마술화랑

# 1

**초판한정 특별부록**
**고급 일러스트 책갈피**

©2015 Youichi Nagana, Minato Yasaka
KADOKAWA CORPORATION, Tokyo.

누구에게도 자신의 그림을 인정받지 못 하지만 그런데도 꿋꿋하게 그림을 그리던 그림쟁이 소년 리온은 어느 날 뜻밖의 선고를 받게 된다. "너는 이제부터 드래곤이 있는 곳으로 연행될 거야. 목적지는 아득히 높은 저 섬── '천공의 대감옥'이야." 마왕의 힘이 담긴 600점 이상의 '마왕의 회화'가 봉인되어 있다는 기적의 섬, 천공의 대감옥. 그곳의 실상은 마왕의 회화가 몸 안에 봉인된 소녀들을 가둔 감옥이었다. 리온에게 부여된 역할은 감옥의 간수. 미소녀 수감자를 거느리게 된 리온은 수감자의 마술을 이용해 감옥에서 탈출하기로 하는데──.

## 걸작 감옥 판타지 제1탄!!

**나가나 요이치** 지음 | **야사카 미나토** 일러스트 | **이원명** 옮김